d

CW01467527

Zwei Männer, ein Autor und sein Lektor, gehen im Winter am Fluss spazieren. Die Seitenarme des Alten Rheins sind zugefroren, doch der Föhn spielt Frühling. Tauwetter. Von Weitem sehen sie einen großen Hund über das Eis auf sie zu kommen. Beinahe am Ufer, bricht er ein. Der Lektor läuft zur Straße, Hilfe holen, der Autor bleibt bei dem Hund. Er bricht einen großen Ast von der Weide, breitet ihn über das Eis und legt sich darauf. So kriecht er zu dem Hund, dessen Kräfte nachlassen. Der Hund verbeißt sich in seinem Ärmel. Der Autor ahnt, er wird ihn nicht retten können. Doch der Tod hat vor einigen Jahren eine so tiefe Wunde in sein Herz geschlagen, dass er ihm unter keinen Umständen dieses Leben überlassen will. Eindringlich erzählt Köhlmeier von Schmerz und Verlust – und dem Bemühen des Schriftstellers, gegen innere und äußere Widerstände Menschliches preiszugeben, ohne es zu verraten.

Michael Köhlmeier, geb. 1949 in Hard am Bodensee, studierte Germanistik, Politologie, Mathematik und Philosophie in Marburg, Gießen und Frankfurt. Er schreibt Romane, Erzählungen, Hörbücher und Lieder und trat als Erzähler von Sagen und biblischen Geschichten hervor. Sein Werk wurde u. a. mit dem Johann-Peter-Hebel-Preis, dem Manès-Sperber-Preis, dem Anton-Wildgans-Preis ausgezeichnet. Er lebt in Hard.

Michael Köhlmeier

Idylle mit
ertrinkendem Hund

Deutscher Taschenbuch Verlag

Von Michael Köhlmeier
sind im Deutschen Taschenbuch Verlag erschienen:
Abendland (13718)
Die Musterschüler (13800)
Bleib über Nacht / Geh mit mir (13855)
Madalyn (14127)
Wie das Schwein zum Tanze ging (62412)

**Ausführliche Informationen über
unsere Autoren und Bücher
finden Sie auf unserer Website
www.dtv.de**

MIX
Papier aus verantwor-
tungsvollen Quellen
FSC
www.fsc.org FSC® C019821

2. Auflage 2013
2010 Deutscher Taschenbuch Verlag GmbH & Co. KG,
München
Lizenzausgabe mit Genehmigung des Paul Zsolnay Verlags Wien
© Deuticke im Paul Zsolnay Verlag Wien 2008
Motto aus: Paula Köhlmeier, Maramba.
© Paul Zsolnay Verlag Wien 2005
Umschlagkonzept: Balk & Brumshagen
Umschlagfoto: plainpicture/Arcangel
Satz: Eva Kaltenbrunner-Dorfinger
Druck und Bindung: Druckerei C. H. Beck, Nördlingen
Gedruckt auf säurefreiem, chlorfrei gebleichtem Papier
Printed in Germany · ISBN 978-3-423-13905-2

für Monika
für Oliver
für Undine
für Lorenz
für unsere liebe Paula

Der eine und der andere sitzen am Alten Rhein und warten auf den Engel. Damit er vielleicht die Nacht mit ihnen verbringe. Es ist kalt, aber sie trauen sich nicht, im Auto zu schlafen, weil sie Angst haben, den Engel zu verpassen. Sie denken sich: Der Engel wird bestimmt nicht auf uns warten. Wenn wir schlafen, wird der Engel uns nicht wecken.

Paula Köhlmeier,
Der eine und der andere

1

Nur drei meiner Bücher hat Dr. Beer lektoriert. Die Arbeit am vierten brach er ab – wie er mir in einem handgeschriebenen Brief mitteilte, »nach gesundheitlichen Erwägungen«. Ich weiß es besser. Er schämte sich vor mir – wegen der Ereignisse, die während unserer letzten gemeinsamen Arbeit vorgefallen waren: die Geschichte mit dem Hund. Kann sein, dass es ihm nicht recht ist, wenn ich diese Geschichte hier erzähle. Aber: Er war nicht nur mein Lektor, sondern auch mein Lehrer, und er hatte stets betont, Literatur, die auf irgendetwas oder irgendjemanden Rücksicht nehme, sei nichts wert.

Erst wenige Tage vor jenen Geschehnissen hatte er mir das Du-Wort angeboten. Niemals hätte ich damit gerechnet! Ich hätte mir nicht einmal vorstellen können, dass er seine eigene Frau duzte (von deren Existenz – und, bitte, wir kannten uns immerhin seit acht Jahren! – ich damals nichts wusste). Mit Begriffen wie

Frau, Freundin, Geliebte oder gar Familie brachte ich diesen Mann nicht in Verbindung; nicht einmal Eltern stellte ich ihm in meiner Einbildung beiseite; ebenso sträubten sich lebensgeschichtliche Kategorien wie Kindheit und Jugend dagegen, sein Leben als ein zum Beispiel mit dem meinen vergleichbares zu beschreiben. Dass ich ihn in Zukunft Johannes nennen sollte, versprach ein Krampf zu werden, ein immer neuer, sich nie entspannender Krampf. Natürlich vermied ich es. Er konnte sich ebenfalls nicht an meinen Vornamen gewöhnen; das war offensichtlich, beinahe beleidigend offensichtlich.

Nur ein einziges Mal habe ich seinen Vornamen ausgesprochen. Als ich ihn meiner Frau vorstellte. »Das ist der Johannes«, hatte ich gesagt. In unserer alemannischen Umgangssprache setzt man einen Artikel vor den Namen, was in seinen Ohren sicher plump klang. Mir war's recht; der Artikel vergrößerte den Abstand von Haut zu Haut deutlich – stellte die Ordnung wieder her, mit der ich zufrieden gewesen war, weil sie verlässlich war wie die Temperatur auf dem Meeresboden.

Ich gebe zu, dennoch hätte ich gern *meinen* Vornamen aus *seinem* Mund gehört, wenigstens einmal – als einen Akt des Ausgleichs, als ein Ist-Gleich-Zeichen zwischen unseren Gewichten. Ich hatte das Gefühl nie loswerden können, er halte kleine, versteckte Prüfungen mit mir ab; nicht unbedingt, um mich eines Fehlers zu überführen, sondern eher um mich in einer Art von väterlichem Einverständnis zu überwachen, also durchaus wohlwollend (was ja noch beschissener wäre). Kaum hatte ich seinen Namen ausgesprochen, schämte ich mich auch schon dafür. Er merkte es. Als wäre ich ihm zuvorgekommen und hätte seinen schwachen Punkt getroffen, bevor meiner in sein Visier geraten war. Er wandte sich Monika zu und nannte sie – demonstrativ? – bei unserem Familiennamen.

Sein erstes Du war am Telefon gefallen, und zwar – daran zweifelte ich bald nicht mehr – aus Versehen. Vielleicht war, als ich anrief, jemand in seinem Zimmer gewesen, den er duzte, und ich war mitten in ihr Gespräch geplatzt – was ich mir aber auch nicht vorstellen konnte, einfach deshalb nicht, weil ich mir nicht vorstellen konnte, dass er Freunde hatte, und mit Sicherheit hätte er nur einem solchen das Du erlaubt. Am wahrscheinlichsten schien mir, dass er gerade in einem Buch oder in einem Manuskript gelesen hatte, eine besonders gelungene Szene, in der sich – wer weiß – zwei Freunde unterhielten, und er so tief in diese erfundene Welt versunken war, dass er für einen Augenblick über das Klingeln des Telefons hinaus den Sound dieser fiktiven Welt nicht loswerden konnte und ihn in Gedanken mitnahm, in den Hörer hinein und hinein in mein Ohr.

Plausibel schien mir auch diese Erklärung nicht: Dr. Beer war mein Lektor, er war nun sechzig, und überall, wo Einblick ins deutsche Verlagswesen bestand, wurde er als einer der kompetentesten geschätzt, über etwas anderes als über Literatur hatten wir beide uns bis dahin nicht unterhalten, abgesehen vom Wetter und vom Frankfurter Stadtverkehr, und ich kenne niemanden, der je auf ein anderes Thema gestoßen wäre, das sich für ein Gespräch mit ihm als tragfähig erwiesen hätte. Dennoch hatte ich ihn immer in Verdacht gehabt, er interessiere sich in Wahrheit gar nicht für Romane und Erzählungen, Novellen oder Essays, Plots, Charaktere, Dialoge; er interessiere sich nämlich schlicht *nicht* für Literatur, sondern nur für die Virtuosität im Umgang mit ihr; am Herzen liege ihm aber etwas ganz anderes. Allerdings hatte ich nicht die geringste Ahnung, was das sein könnte. Ein Mann mit einem Doppelleben? Er hätte das Wort im Manuskript mit Wellenlinie markiert, und wenn wir während der Arbeit bei dieser Stelle angelangt wären, gesagt: »Ich persönlich mag solche Wörter ja und wünschte mir deshalb, Sie hätten es in einen passenden Zusammenhang gesetzt, so aber muss ich Sie bitten, es gegen ein anderes auszutauschen.«

Er selbst sagte einmal über sich: »Ich bin Lears Narr.« Wobei die Frage offen blieb: Wer war sein Lear? Wer würde sich denn schon mit diesem Schmerzensmann vergleichen wollen?

Niemand wusste, was er tat, nachdem er seinen Mantel angezogen, den Kragen hochgestellt, den Regenschirm aufgespannt, sich von der Frau beim Eingang verabschiedet hatte und aus dem Verlagsgebäude verschwunden war. Nicht einmal, ob er mit dem Taxi oder dem Bus, der U-Bahn oder dem eigenen Wagen oder zu Fuß oder mit dem Fahrrad nach Hause wollte. Nach Hause? Wie sah sein Zuhause aus? An den Wänden in seinem Büro standen Regale bis zur Decke, und im Gegensatz zu seiner Kollegin von der Sachbuchabteilung, deren Bücher, von einem Bord mit Nachschlagewerken abgesehen, aus der hauseigenen Produktion stammten, vermittelten seine den Eindruck einer Privatbibliothek. Da parkten deutsche Klassiker und russische Dichter und Amerikaner, die gesammelten Werke von D. H. Lawrence, Joseph Conrad (sein – und mein – Lieblingsautor) und Luigi Pirandello, Lyriker aus Frankreich und Irland, hauptsächlich aber philosophische Werke. Er habe, hatte er mir einmal erzählt – knapp und unwirsch und erst, nachdem ich ihn zweimal danach gefragt hatte –, Philosophie studiert und über ein Thema der Husserlschen Phänomenologie dissertiert. Literatur von und über Husserl machte ein sattes Viertel seiner Bibliothek aus. Ob also hier, nur hier in seinem Büro, sein Schreib- und Leseleben – sein intellektuelles Leben – stattfand? Warum nicht? Und privat ging er mit Steuerberatern und Rechtsanwälten kegeln oder gehörte einem Biker-Club an oder trieb sich mit Spezis in Bars herum? Warum nicht? Ich konnte mir allerdings nicht vorstellen, dass dieser Mann Spezis hatte; eben weil ich mir nicht vorstellen *wollte*, dass er überhaupt ein Privatleben hatte.

Über das Privatleben von Lears Narr weiß auch niemand Bescheid. Und niemand weiß, ob er an das glaubt, was er sagt. Die Worte sind das Werkzeug des Narren, anderes Werkzeug kennt er nicht.

Und dann am Telefon – nach einem, in einem unbedachten Augenblick entschlüpften Du: »Ich schlage vor, wir sollten in Hinkunft *auf diese Weise* miteinander sprechen.«

Ohne Kränkung konnte das Wort nicht mehr zurückgenommen werden. Weder von ihm noch von mir. Und doch hatte er in seinem Angebot so peinlich darauf Bedacht genommen, es nicht noch einmal auszusprechen …

Obendrein schlug er vor, dass diesmal nicht ich

nach Frankfurt, sondern er zu mir nach Hohenems kommen würde, um an dem Manuskript zu arbeiten – und erschrak prompt über sich selbst, das entging mir keineswegs, aber da war auch das bereits draußen. Ich schätzte, er hatte die Folgen der neuen Situation zu wenig berechnet, nämlich dass dem Du ein wenig Praxis nachzuschieben sei, damit es nicht als bare Option wie ein drohender Stalaktit über jedem künftigen Wort hänge, und nun fand er sich in einer noch unangenehmeren Lage.

Während ich den Hörer in der Hand hielt, schaute ich zum Fenster hinaus, als könnte ich *auf diese Weise* dem Aufprall an Intimität ausweichen. Ein Schweigen hatte zwischen uns begonnen, und es war wie ein Wettrennen. Ich hörte, er hörte, wie er, wie ich, an einem Satz bastelte, in dem sich das Wörtlein bei ihm zum zweiten, bei mir zum ersten Mal, auf jeden Fall aber unbefangen unterbringen ließe. Ich sah ihn vor mir (diesen nicht großen, zarten Mann, dessen Bewegungen schnell, zielsicher und sehr eigen waren); er würde seinen Satz mit einem leichten Kopfschütteln beginnen und mit einem leichten Kopfschütteln beenden.

Es schneite so dicht, dass ich unser Nachbarhaus nur schemenhaft wahrnahm. Seit Wochen schneite es. Es war Jänner, der schneereiche Winter 2006. Mir fiel ein, dass Dr. Beer mir einmal erzählt hatte, er gehe jeden Tag spazieren, mindestens eine Stunde, so halte er es seit seinem dreißigsten Lebensjahr.

Ich sagte: »Wenn *du* kommst …« – es gelang mir nicht, das Wort nicht zu betonen – »… bring gutes Schuhwerk mit für unsere Spaziergänge und einen dicken Mantel und eine Mütze dazu.«

»Das werde ich«, sagte er. »Magst du diesen Winter?«

»Magst du ihn?«, fragte ich zurück.

»Ja, sehr«, sagte er. »Und du?«

»Ich glaube eigentlich nicht.«

Nach dem Tod meines Vaters Anfang der achtziger Jahre waren Monika und ich mit den Kindern nach Hohenems in mein Elternhaus gezogen. In unserer Straße hat sich seit meiner Kindheit so gut wie nichts verändert. Unser Nachbarhaus ist irgendwann verputzt worden, das war alles. Aus seinem Dach ragt noch immer ein kleiner Kamin aus Blech, ich weiß nicht, wozu er dient, wusste es nie, er war für meine Schwester und mich der Maßstab für Schnee gewesen. An ein einziges Mal kann ich mich erinnern, das muss in den frühen Sechzigern gewesen sein, da war nichts mehr von ihm zu sehen gewesen, nichts außer einer sanften Erhebung. Nun war nicht einmal mehr eine Erhebung zu sehen, der Kamin war zur

Gänze in den Schneemassen auf dem Dach versunken. Während der vorangegangenen Wochen war ich jeden Morgen um sieben aufgestanden und hatte in der Dunkelheit den Weg zu unserer Haustür freigeschaufelt. Der Briefträger hatte mir zu verstehen gegeben, dass er andernfalls keine Post mehr bringen würde. Rechts und links des schmalen Pfades, auf den ich mich beschränkte (gerade so breit wie ein Schlitten), wuchsen übermannshohe Schneehaufen empor. Ärgerlich war, dass der Schneepflug erst nach dem Briefträger kam und unseren Eingang wieder zuschüttete, manchmal fuhr er am Nachmittag noch ein zweites Mal durch unsere Straße, und nicht selten am Abend noch ein drittes Mal.

Monika und ich verließen kaum noch das Haus. Mit dem Schlitten gingen wir einkaufen, alle drei Tage höchstens. Über den Schlossberg zu wandern, wie es Monika sonst bei jedem Wetter sechsmal in der Woche tut, war gar nicht möglich. Sie hatte es probiert und aufgegeben, als sie bereits hinter der ersten Kehre bis zur Brust im Schnee versank. Von unserem Küchenfenster aus konnten wir durch einen Feldstecher den Wald über der Felswand sehen. Die Tannen waren strukturlose weiße Kegel, die mehr an Kunstobjekte von Christo und Jeanne-Claude denken ließen als an Werke der Natur.

Ich fragte, ob ich ein Zimmer für ihn besorgen solle.

Ohne zu zögern und ohne weiteren Kommentar sagte er: »Nein.«

»Ganz einfach«, interpretierte Monika, nachdem ich aufgelegt und vor ihr das Telefongespräch bis in seine Einzelheiten nachgespielt hatte, »er will bei uns übernachten. Es ist doch ganz einfach. Er ist jetzt dein Freund, und ein Freund bringt seinen Freund nicht in einem Hotel unter.«

»Mein Freund?«

»Was denn sonst! Es ist längst überfällig. Gibt es jemanden, dem du dich in den letzten Jahren mehr preisgegeben hast?«

»Was heißt ›preisgeben‹?«

»Ich brauche dir doch das Wort nicht zu erklären.« (*Er* würde das Wort einer eingehenden Prüfung unterziehen.)

»Dir habe ich mich zum Beispiel mehr preisgegeben.«

»Ja. Und sonst?«

»Es könnte natürlich auch sein«, argumentierte ich schwach, »dass er lieber seine Sekretärin beauftragen möchte, für ihn ein Zimmer zu reservieren. Dass er mir die Mühe nicht machen will. Dass er es so gemeint hat.«

»Von Frankfurt aus ein Zimmer reservieren lassen? Hier in Hohenems? Gibt es hier überhaupt ein Hotel? Außer dem Gasthaus Schiffle, wo dir der Wirt vor vierzig Jahren fast die Nase eingeschlagen hat?«

Noch unwahrscheinlicher allerdings erschien mir, dass sich dieser kultivierte Mann ohne jede Ankündigung, in den wenigen Minuten eines einzigen Telefongesprächs, so nahe an mein Leben heranrückte, und dass dies keineswegs zufällig geschehen war, sondern tatsächlich mit Absicht. Oder hatte ich irgendwelche vorangegangenen Signale übersehen?

Was heißt *preisgeben*?

Er würde sagen: »Geben Sie gut Acht auf dieses Wort!« Oder seit unserem Telefonat: »Gib gut Acht auf dieses Wort! Verwende es nur, wenn du dir seiner Dichotomie bewusst bist, nämlich der Verschmelzung von Schmerz und Lust. Wer sich preisgibt, fürchtet sich davor, wünscht sich aber zugleich, dass ihm wehgetan wird. Wenn seine Bedeutung für deine Zwecke zu gehaltvoll erscheint, verwende dieses Wort nicht. Ersetz es durch ein schwächeres und beschreib dafür ein Kleidungsstück oder eine Geste oder einen Gesichtsausdruck – allerdings Vorsicht bei Gesichtstheater! – oder setz in Klammer eine präzise kleine essayistische Betrachtung oder füge eine Erinnerung ein, en passant sozusagen, aber vergiss nicht, an einer späteren Stelle noch einmal etwas ausführlicher darauf einzugehen, damit sie nicht auf einem Fuß steht und willkürlich eingefügt erscheint.«

Mit ihm einen Text zu analysieren, war ein Abenteuer, das tief in unbekanntes, unberechenbares Dunkel führen konnte, und es war sehr aufwändig. Kollegen, die in anderen Verlagen publizierten, beneideten mich um die Zusammenarbeit mit ihm. Bei ihnen nahm das Lektorat an einem zweihundert Seiten umfassenden Roman maximal einen Tag in Anspruch. In den meisten Fällen schickten die Lektoren das korrigierte Manuskript mit der Post, die Autoren trugen die Korrekturen – vorausgesetzt, sie waren damit einverstanden – am Computer in den Text ein, Zweifelsfälle wurden am Telefon besprochen, fertig. Darüber konnte Dr. Beer nur den Kopf schütteln (sparsam, wie es seine Art war). Sein Vorbild war Maxwell Perkins, der Lektor von Ernest Hemingway, F. Scott Fitzgerald und Thomas Wolfe. Die Legende erzählt, Perkins habe aus dem über tausendfünfhundert Seiten umfassenden Konvolut von *Look Homeward, Angel* in einem Jahr Arbeit die uns bekannte Fassung von knapp mehr als siebenhundert Seiten zusammengebaut. Gern sprach Dr. Beer auch von Gordon Lish, dem Lektor von Raymond Carver. Er zeigte mir die letzte Seite einer Story im Carverschen Original und legte die von Lish lektorierte Fassung daneben, die erstens nur ein Viertel der Urfassung ausmachte, zweitens nicht ein einziges Wort derselben enthielt, also von Lish frisch neu geschrieben worden war, und das, wie Dr. Beer mir versicherte, ohne dass dieser dafür Carvers Erlaubnis eingeholt hätte. Ein solches Verständnis von Lektoratsarbeit halte er in der Tat für ein Verbrechen, lächelte dabei allerdings – kämpferisch ironisch oder kumpanenhaft ironisch, je nachdem, wie einer das Lächeln auslegte, als an Carver oder als an Lish adressiert (ich tippte auf das kumpanenhafte; dass er sich nämlich als ein Kumpane von Gordon Lish fühlte, der immer wieder vor Kritikern geprahlt hatte, er sei der Bauchredner von Raymond Carver, die radikale Verknappung, eben dieser typische Carver-Stil, sei das Ergebnis seines Lektorats, also seine Erfindung – was ihm die Kritiker allerdings nicht geglaubt hatten, denn Lishs eigene Bücher waren allesamt Flops gewesen).

Zu Dr. Beers sechzigstem Geburtstag druckte die *Frankfurter Allgemeine Zeitung* in ihrer Samstagsbeilage ein langes Interview mit ihm ab (Überschrift: »Mister Genauigkeit«), in dem er seine Arbeitsmethode schilderte. Er habe, führte er aus, sehr früh Folgendes herausgekriegt: »Was nicht gut im Ohr klingt, ist auch inhaltlich mangelhaft.« Deshalb bestehe er darauf, dass ihm der Autor fragwürdige Stellen laut vorlese, einmal, zweimal, dreimal.

Das, liebe Monika, ist Preisgabe!

Wenn ich meiner Stimme zuhörte, die bei dieser Prozedur nichts anderes war als ein Messgerät zum Aufspüren meiner eigenen Unzulänglichkeiten, dann kam es vor, dass ich mich zu ängstigen begann vor jener geheimnisvollen (dieses Wort hasste er wirklich) Person, die ich selber war, die unter meinem Namen bekannt war und der augenscheinlich mehr Dasein zukam als mir selbst, der ich lediglich die Rolle des Assistenten von Dr. Johannes Beer zu spielen hatte. Er legte über einzelne Worte das Chirurgentuch mit dem Schlitz in der Mitte, das den Gegenstand der Untersuchung von allen anderen Organen isoliert, um dessen Bedeutung und, daraus resultierend, dessen Strahlkraft innerhalb eines Satzes und weiter eines Satzgefüges besser untersuchen zu können. Als halte er es für möglich, dass wir uns in verschiedenen Sprachen unterhielten, die nur zufällig gleich klangen. Es war mein Text; er vertraute ihm, aber nicht mir, dem Verfasser. Ich vertraute meinem Lektor, verlor aber das Vertrauen in meinen Text. Ich war mir ja immer gewärtig, dass sich ein vermeintlicher Gleichklang im Handumdrehen als Irrtum erweisen könnte, wo doch auch das Einverständnis nichts anderes zur Basis hatte als »die Worte, die Worte, die Worte …« – Und dennoch war immer ich der Fordernde gewesen: *Mach mich besser!*

Und nun endlich richtete *er* sich auf und forderte? Nämlich das Ist-Gleich-Zeichen zwischen unseren Gewichten? Pochte nun er darauf, sich *mir* preiszugeben? Auf stundenlangen Spaziergängen im Schnee zum Beispiel, die wir – außer Sichtweite eines anderen vernunftbegabten Wesens – beenden würden, indem wir uns umarmten und einer dem anderen dabei mit der Hand an den Hinterkopf griffe, derb genug, um es nicht als ein Streicheln erscheinen zu lassen – zwei Männer in reiferen Jahren mit mehr oder weniger festen Grundsätzen, zwei Freunde.

»Wahrscheinlich ist es genau so«, sagte Monika. »Ich kann mir das gut vorstellen. Du stehst für alle Autoren, die er in seinem Leben betreut hat. Zufällig bist du es. Sein letzter Autor, sein letztes Buch.«

»Glaubst du das wirklich?«, fragte ich.

»Ich denke, es tut *dir* gut, es zu glauben. Und vielleicht ist es ja tatsächlich so.«

Am Nachmittag des folgenden Tages holte ich ihn vom Bahnhof ab. Er hievte seinen Koffer auf den Schlitten – ein großes Stück aus Aluminium, das so schwer war, als habe er vor, drei Wochen bei uns zu bleiben –, und wir zogen gemeinsam den Schlitten über die Straße, die immer noch eine Piste war, auf der mehr Spuren von Kufen und Schiern als von Autoreifen zu sehen waren.

»Wenn es wieder zu schneien anfängt, wird's mit unseren Spaziergängen schwierig«, sagte ich.

Monika wartete vor dem Haus auf uns. Sie hatte sich meinen alten moosgrünen Lumberjack mit den Lederschultern umgehängt und winkte uns zu. Es war seit dem Vormittag deutlich wärmer geworden. Der Himmel war den Tag über blau gewesen wie im April. Nun zogen wieder Wolken auf, aber keine Schneewolken. Ich hoffte auf den Föhn. Der müsste sich allerdings ordentlich Mühe geben, um dem Spektakel ein Ende zu bereiten.

Dr. Beer berührte mich kurz am Arm (was ein déjà-vu in mir auslöste, als hätte mich in einem anderen Leben ein anderer auf eben diese Weise vor einem heraufziehenden Unglück gewarnt). Leise, so dass Monika es nicht hören konnte, sagte er: »Das darf dich jetzt bitte nicht kränken, hörst du. Ich muss jeden Tag mindestens zwei Stunden *allein* gehen. Es *muss* allein sein. Unter allen Umständen. *Gehen* und dabei *allein* sein.«

Dann berührte er mich noch einmal, diesmal an der Taille, überließ mir die Schlittenschnur und eilte voraus, mit ausgestrecktem Arm auf Monika zu. So freundlich begrüßte er sie, dass sie die Stirn zu mir runzelte. Ich hatte sie nämlich gewarnt, dieser Dr. Beer lache nie.

Ich hörte an ihrem Tonfall, dass sie ihn auf Anhieb mochte. Und er mochte sie auch.

2

Er mochte sie noch mehr, als wir ihn ins Haus führten und weiter ins Wohnzimmer, wo ich ihm – gerade hatte er den Mantel abgelegt und die derben Winterschuhe gegen braune Wildlederslipper eingetauscht (die er verstohlen und blitzschnell aus seinem Koffer fischte) – Monikas Dschungel zeigte, der im hinteren Teil des Raumes an den Fenstern entlang unter einer Dachverglasung wuchert, gut sieben Meter breit, gut zwei Meter tief; ein raffiniert betörendes Durcheinander von Farnen, Hirschzungen, Zimmerlinden, Schusterpalmen, einem mächtigen Gummibaum, einem Philodendron, einem klein gezüchteten Drachenbaum, einem Hain von Bonsais, der sich über die Landschaft unserer ehemaligen Weihnachtskrippe erstreckt, die an vier von Efeu durchschlungenen Ketten von der Decke herab hängt, Papyrus, Flamingoblumen, Amaryllis, Hibiskus, Azalee, Passionsblumen, an die fünfzig Kakteen von handballgroß bis knopfklein, die übereinander auf einem zarten Metallregal stehen, und vielen anderen Pflanzen, deren Namen mir einzubleuen Monika nicht müde wird, die ich aber immer wieder vergesse; dazwischen Totempfähle aus Holz, Plastik und verlötetem Coca-Cola-Dosenblech, zwei magere, strenge Marmorfiguren eines mit uns befreundeten Bildhauers, üppig gerahmte Bilder in verschiedenen Größen, die allesamt aus Zeitungen ausgeschnittene Motive zeigen, die gar nichts mit Wildnis und Wald zu tun haben (aber sie werden eben im Dschungel erzählt), chinesische Windräder aus Blech, eine auf dem schiefen Stamm eines Zitronenbaumes notgelandete Boeing 747, ein Chamäleon, das die Farbe wechselt, wenn man es berührt, ein Dutzend Äffchen, King Kong und Tyrannosaurus rex, ein Leopard und ein Panther, beide aus Porzellan, beide in Lebensgröße, Eidechsen, Libellen, Schmetterlinge, hunderte Vögel, dann, dem Betrachter vielleicht sogar als erstes ins Auge springend, die Puppen mit ihrem ewigen Mona-Lisa-Blick; die Masken, die aus äpfellosen Augen selbstvergessen in den Raum starren; und über all dem ausgestreut eine tropische Blumenpracht aus Seide und den verschiedensten Produkten der Kunststoffindustrie, so dass man meinen könnte, es warte (oder lauere) hier eine fremde, schwüle Welt, in deren Mitte das Herz der Finsternis schlägt – freilich nicht irgendwo am oberen Kongo im Elfenbeinreich von Mister Kurtz, sondern in einem von außen recht biederen Einfamilienhaus mitten im schneereichsten Winter aller Zeiten.

Dr. Beer verfiel vor Begeisterung in Falsett. Er legte die Hände an die Wangen. Stieß Schreie aus. »Unvorstellbar!« – »Ach!« – »Mein Gott!« – »Unglaublich!« Er lief zweimal, dreimal an den Blumentöpfen, Blumentischen, Blumenständern entlang, vom Sofaende zur Rechten bis zur Terrassentür zur Linken und wieder zurück, und sah dabei aus wie eine eifrige Sekretärin auf dem Weg zum Kopiergerät, was nicht nur ein großes Staunen, sondern auch ein peinliches Unbehagen in mir auslöste – und Ungeduld, weil mir dämmerte, dass ich die Möglichkeiten und Optionen dieses Mannes missdeutet haben könnte. Monikas Urwald offenbare den Charakter seines Betrachters – ein Freund hatte das einmal gesagt, der hat immerhin sechzehn Jahre lang eine Drogenstation geleitet, ich glaube ihm jedes Wort.

Ob man die Pflanzen angreifen dürfe, rief er.

»Sagen Sie mir, welche künstlich und welche echt sind«, forderte ihn Monika auf.

Dieses Spiel lief oft ab, wenn wir Besuch hatten. Es ist nicht so einfach, die künstlichen Oberflächen von den natürlichen zu unterscheiden, und Monika stellte sich auf alle möglichen Äußerungen des Erstaunens ein; noch niemals hat sie Grund zur Unzufriedenheit gehabt. Diesmal aber war selbst sie überrascht. Dr. Beer schlüpfte aus seiner Jacke, schob Pullover und Hemd über die Ellbogen, schloss die Augen und fuhr mit beiden Armen tief in das Geschlinge und Gewuchere aus Grün, Gelb, Rot, Rosa, Weiß, Türkis, Violett und Veilchenblau. Dabei gurrte er und stieß weiter seine kleinen hohen Schreie aus.

Monika lachte laut und neigte ihren Kopf zu mir und sagte mit gedämpfter Stimme – so wenig gedämpft allerdings, dass er jedes Wort verstehen musste: »Er ist ja noch viel komischer, als du ihn mir beschrieben hast.«

Ich hätte in den Boden versinken wollen!

»Das ist interessant«, rief er, immer noch die Augen geschlossen, immer noch die Arme im Wald, »noch nie hat einer über mich gesagt, ich sei komisch.«

Seine Finger tasteten Äste und Blüten ab, zuckten vor einem echten Kaktus zurück, streichelten in den Kelch einer Plastikorchidee hinein, prüften Schnabel und Krallen eines Papageien, rieben eine glasstarre Blüte, als wäre sie eine Münze, tippten vorsichtig auf die Rücken einer Karawane von Käfern, groß wie Pralinen, aus einem zum Ekeln echten Kunststoff, die über einen pelzigen Stamm nach oben zogen.

»Komisch heißt bei uns merkwürdig«, klärte ihn Monika auf. »Ein komischer Mann kann also durchaus ein Mann sein, der noch niemals in seinem Leben gelacht hat, nur merkwürdig muss er sein – falls Sie das beruhigt.«

Er zog seine Arme zurück, die sommerlich braun waren, glatt und sehnig wie die Arme eines jungen Mannes, öffnete die Augen, drehte sich zu ihr hin und berührte sie kurz mit der Hand an der Hüfte, wie er mich berührt hatte, als wir mit seinem Koffer auf der Johann-Strauß-Straße herunter gekommen waren.

»Mein Gott, ist das ein Genuss«, seufzte er. »Wohnen auch noch andere Tiere in diesem Wald außer Käfer und Papageien?«

»Schlangen und Echsen«, sagte Monika, griff hinter den Kaffeebaum (der war echt; sie hatte ihn aus weißen Kaffeebohnen gezogen, die irgendwann vor zehn Jahren beim SPAR als Gag zum Selberrösten angeboten worden waren; seine weit ragenden Äste bilden das Grundgerüst des Dschungels) und schüttelte ihm eine grüne Mamba aus weichem, gummiähnlichem Kunststoff vors Gesicht. Er schrie auf, schrie gleich noch einmal und ein drittes Mal – das erste Mal tatsächlich aus Angst, das zweite Mal aus Höflichkeit, das dritte Mal aber – so meine Interpretation – sollte heißen: Ich finde, Sie sind so schön wie der Urwald, den Sie erschaffen haben. Ja, ich war überzeugt, er dachte genau so, ich hätte meine Menschenkenntnis dagegen gewettet, ohne die ich den Laden dicht machen könnte, aber natürlich hätte er es abgestritten, und zwar mit der Begründung, er sei vielleicht komisch im Sinne von merkwürdig, aber beschränkt sei er nicht, und es zeuge von Beschränktheit, wenn ein Mann eine Frau mit einem Urwald vergleiche. Worte, Worte, Worte – wo sich eines finden ließ, war eine Tatsache geschaffen: darauf vertraute er wie Hamlet.

»Der Wald ist übrigens betretbar«, sagte Monika. Ihre Stimme klang nun ernst und auch etwas schüchtern. »Manchmal setze ich mich in den Wald, und dann sitze ich dort und tue gar nichts. Kommen Sie mit, ich zeig Ihnen den Weg.«

Am östlichen Ende kann man sich unter einem Ast des Kaffeebaums hindurch ducken, man muss einen Vorhang aus Lianen beiseite schieben (die ebenfalls echt sind und irgendwo wurzeln, wahrscheinlich in den Töpfen, die vom Querbalken, der das Glasdach stützt, herunterhängen, und die Monika bemalt hat wie Voodoo-Masken), dann sieht man einen schmalen, mit Bastmatten ausgelegten Pfad, der durch den Wald führt, und zwar bis hinüber zum Sofa. Erst hatte Monika unter der Schrägverglasung nur einen hübschen überschaubaren Wintergarten einrichten wollen, Blumentöpfe waren auf hohen naturlackierten Holztischchen gestanden, die sie bei Flohmärkten eingekauft hatte; mit der Zeit war aus dem Garten ein Dschungel geworden, schließlich war er aus dem wohnzimmerlichen Maß gebrochen, so dass von außen nicht mehr alle Pflanzen gegossen und geschnitten werden konnten; also hatte sie diesen Pfad angelegt. Wenn man sich an manchen Stellen niederkauerte oder einfach bewegungslos stehen blieb, konnte man vom Wohnzimmer aus nicht gesehen werden, jedenfalls nicht in der Nacht, wenn der Wald nur von den beiden Deckenlampen erleuchtet wurde – und wenn man militärische Tarnkleidung trug oder ein Hawaiihemd, auch am Tag nicht.

Monika schob die Lianen auseinander, und Dr. Beer trat ein. Soweit ich mich erinnern konnte, war er der erste, dem Monika, abgesehen von den Mitgliedern unserer Familie, dieses Privileg gewährte (auch unserem Freund, dem ehemaligen Leiter der Drogenstation, hatte sie den Weg nicht gezeigt, und das, obwohl er einen Filmessay über »Monikas Urwald« drehen wollte). Wenn er es wünsche, wolle sie ihm gern eine Taschenlampe mitgeben, rief sie ihm nach – absichtlich laut, die Hände als Trichter an den Mund haltend, als wäre er bereits verloren –, dann könne er sich leichter die Details ansehen. (Manchmal

kommt ihr nachts in den Sinn, die Pflanzen zu pfle-
gen, dann nimmt sie die Lampe mit in den Wald; ich
vermute ja, sie nimmt manchmal auch Kopfkissen
und Zudecke mit und legt sich auf den Weg; sie be-
streitet das, zeigt dabei aber ihr glückliches breites
schönes Lachen.) Die Lampe hängt neben dem Eingang an einem Haken. Sie reichte sie ihm, und dann
löschte sie das Licht im Wohnzimmer. Der Schein der
Taschenlampe huschte durch den Wald, beleuchtete
Blätter und Blüten und warf flinke Schatten.

Was nun geschah, verwirrte mich derart, dass ich
für einen Moment wie aus der Szene geworfen war:
Dr. Beer tanzte und sang. Es war noch keine zwanzig
Minuten her, dass er unser Haus betreten hatte, keine
zwanzig Minuten, dass ich mir den Kopf zerbrochen
hatte, wie wir uns mit diesem Mann im Privaten überhaupt unterhalten sollten – und nun *tanzte er und
sang*; sang zu einer im Augenblick erfundenen Melo-
die einen im Augenblick erfundenen Text, der eine
Aufzählung der Dinge war, die er vor sich sah, wobei
er vor jedes Ding »Ich bin …« setzte.

»Ich bin der Affe, der lacht. Ich bin der Kakadu mit
dem bunten Kamm. Ich bin die Spinne mit den
Haaren auf den Beinen. Ich bin das Krokodil, das an
seinem Schwanz von einem Ast hängt. Ich bin der
brüllende Plastiklöwe, der sucht, wen er verschlin-

gen könnte. Ich bin der grausame, blutgierige Stofftiger ...«

Im hinteren Teil des Waldes, nahe beim Sofa, hatte Monika zwei Kongas aufgestellt, die sie mir zu meinem vierzigsten Geburtstag geschenkt hatte; an einem Ausläufer des Kaffeebaumes hing ein Bongopaar. Dr. Beer stellte die Taschenlampe in einen Blumentopf, sein Gesicht, nun von unten angestrahlt, sah aus wie eine afrikanische Maske, zu Hingabe zwingend, Opfer fordernd, und er sang und tanzte und trommelte dazu.

Als er aus dem Wald trat und Monika das Licht wieder anschaltete, war er verlegen, als hätten wir ihn bei etwas Unanständigem ertappt. Alle drei waren wir verlegen. Eine Weile standen wir da, als ob wir in eine andere Zeit geraten wären, und der Trommler im Urwald gar nicht einer von uns, und wir, die er hatte verführen wollen, gar nicht wir gewesen wären.

Schließlich nahm er Monikas Hand und sagte, wobei er sie nicht los ließ: »Sie legen den Blick in Ihr Herz frei. Verzeihen Sie mir, dass ich mich so aufgeführt habe. Aber ganz allein meine Schuld ist es nicht.«

Dann sank er in einen der blutroten Sessel am westlichen Ende des Waldes und klatschte in die Hände. »Es ist ein guter Tausch, ja, es ist wahrhaftig ein guter Tausch. Ein Drittel dieses Raumes als Preis für

Phantasie, wie sie zehn Häuser füllen würde. Warum haben Sie mir nie einen Ihrer Romane angeboten?«

»Ach was!«, sagte Monika und wischte es weg, und damit es nicht wiederkommt, wechselte sie ihr Gesicht. »Wir dachten, wir gehen essen. Es gibt ein interessantes Restaurant, wir haben einen Tisch reservieren lassen. Wir müssen nur ein Taxi rufen.« – Ihre Stimme, schien mir, hatte plötzlich einen bitteren Unterton. – »Mir persönlich liegt nicht so viel an einem Superessen, aber wem etwas daran liegt, der wird aus diesem Restaurant gehen, als wäre er gerade frisch getauft worden.«

Er ließ seinen Blick nicht von ihr. »Komisch interessant oder merkwürdig interessant? Gibt es dort zum Beispiel einen Dschungel wie hier?«

»Nein.«

»Und liegen dort Teppiche über dem Tisch wie in einem arabischen Serail?«

»Nicht, dass ich wüsste.«

»Und stehen dort so rote Sessel herum wie hier?«

»M-m.«

»Dann will ich dort nicht hin.«

Einem gewichtigen Thema schickte er kleine Albernheiten voraus, das war mir schon öfter aufgefallen; und ich hatte diese Marotte jedes Mal als einen Akt der Selbstabkühlung interpretiert, was allerdings voraussetzte, dass er – eben bei den gewichtigen Themen (nämlich jenen, so erklärte er mir einmal, die das Leben eines Menschen als ein, wie Kleist es nennt, »farbenwechselndes Ding« darzustellen vermögen) – zu Pathos und Sentimentalität neigte und das auch wusste. So ein Thema lag offensichtlich vor – er hatte die ganze Zeit über nur sie angesehen.

»Bleiben wir hier, solange man hier noch bleiben kann«, sagte er. »Ich nehme an, wenn ich in zwei Jahren wiederkomme, werden wir uns mit einem Bowiemesser einen Lagerplatz schlagen müssen.«

Ich lachte auf, und es tat mir sofort leid.

Nachdem Monika den Wald in seiner heutigen Form fertig gestellt hatte, war sie in tiefe Niedergeschlagenheit versunken; sie hatte sich vorgeworfen, sie ruiniere die Grundlage unseres Zusammenlebens, und ich hatte mir gedacht, sie leidet unter ihrem Gestaltungswillen wie unter einer Sucht, und eine Panik hatte mich ergriffen, weil ich vorauszusehen meinte, wie unser Wohnzimmer von Tag zu Tag, von Woche zu Woche zuwuchern, wie die Küche sich in eine Art kubanische Zauberhöhle verwandeln würde, wie uns die Wände, die Decken, die Bilder, die Puppen, die am Wegrand auf dem Schlossberg gefundenen Steine, objets trouvés vom Flohmarkt oder von der Straße aufgelesen, wie uns dies alles verschlingen und verdauen würde, ich zugleich aber auch wusste, dass ich mich ohne dieses Ambiente nicht mehr wohl fühlen würde, dass ich, aus diesem Altamira verbannt, nicht mehr leben könnte.

»Vielleicht kochen Sie etwas für uns?«

»Ich habe das Kochen verlernt«, sagte sie, »ich kann nur noch Kartoffelpüree oder Milchreis.«

»Dann Milchreis«, rief er, fuhr mit der Stimme aus dem Bass heraus nach oben, als würde er bereits schaufeln, »dann auf alle Fälle Milchreis! Unter allen Umständen Milchreis!!«

Aber in seinen Augen stand Melancholie.

Inzwischen hatte es zu regnen begonnen, und der Föhn hatte mit voller Wucht eingesetzt. Monika schlug einen gemeinsamen Spaziergang zur Tankstelle vor, auf der Schillerallee am Bach entlang. Der Weg war geräumt, breit genug, um zu dritt nebeneinander zu gehen. An die Tankstelle ist ein kleiner Supermarkt angeschlossen, der vierundzwanzig Stunden geöffnet hat. Wir hatten nämlich keine Milch im Haus.

Es war so warm, dass wir nur eine Jacke überzogen, ich knöpfte meine nicht einmal zu. Monika und ich gingen unter einem Schirm, mussten dabei das Gestänge festhalten, damit er sich nicht umstülpte.

Dr. Beer ging neben uns, auf dem Kopf einen Hut aus Känguruleder (wie er uns anhand des Etiketts bewies), den er ebenfalls aus den Tiefen seines Koffers gezaubert hatte. Er band ihn mit einer Lederschnur unter dem Kinn fest.

Bei der Tankstelle zeigte ich ihm den Beginn des Spazierwegs, den ich fünfmal in der Woche allein und an den Samstagen zusammen mit Monika gehe, und den ich ihm ab morgen leihen würde – für ein oder zwei oder drei Gänge, je nachdem, wie lange die Arbeit an meinem Manuskript dauern sollte. Der Weg führt an einem Baumarkt vorbei, dann über die Kanalbrücke und durch die Felder bis zur Autobahnunterführung; dort kann man sich entscheiden, ob man hinunter zum Wasser und am Alten Rhein entlang oder ob man oben auf dem geteerten Weg ein Stück weit parallel zur Autobahn gehen will, bis sie nach rechts und der Weg nach links abbiegt. Ich nehme lieber den oberen Weg, obwohl der untere sicher der schönere, vor allem aber der ruhigere ist; oben habe ich einen offenen Himmel, unten gehe ich unter den Baumkronen wie durch einen Tunnel.

Es stürmte und regnete so heftig, dass wir uns nur schreiend unterhalten konnten. Ich machte mir Sorgen wegen des Ateliers in unserem Garten. Das Flachdach spannte sich über eine recht weite Fläche, und darauf lag schätzungsweise eineinhalb Meter hoch der Schnee. Der Regen würde das Gewicht verdoppeln. Es war erst wenige Tage her, dass in Bad Reichenhall in Bayern eine Sporthalle unter der Last des Schnees zusammengebrochen war. Während Monika den Milchreis kochte, wollte ich wenigstens einen Teil des Schnees vom Dach schaufeln.

Wenn ich nichts dagegen hätte, werde er mir dabei helfen, sagte Dr. Beer.

Der mächtige Bambusbestand, der unser Grundstück nach Süden hin begrenzt, bog sich unter den Schneemassen; die meisten Stangen würde ich im Frühling absägen müssen, erfahrungsgemäß richteten sie sich nicht mehr auf. Der Kirschbaum, den ich als Kind aus einem Kern gezogen hatte und der nie veredelt worden war, neigte seine Äste weit in den Garten hinein. Um den Stamm herum hatte Monika, bald nachdem wir ins Haus eingezogen waren, Efeu, Knöterich, eine Kletterrose und noch einige andere Kletterer gepflanzt, was zur Folge hatte, dass der Baum drei- bis viermal im Jahr blühte, nun dem Schnee aber auch eine breite Unterlage bot, weswegen etliche Äste abgebrochen waren; es sah aus wie nach einer Katastrophe. Die Äste des Gravensteiners, der am Atelier emporwuchs, schlugen gegen die Dachkante. In Böen fuhr der Föhn in die Krone und wischte den Schnee in breiten Fladen ab. Die Meisenkugeln, die wir an den Zweigen befestigt hatten, waren bis auf wenige leer gepickt, die Nylonnetze flatterten und rissen sich los und verschwanden in der Dunkelheit. In diesem Winter hatten Monika und ich begonnen, Vögel zu beobachten. Auch an den Apfelbaum vor unserem Küchenfenster hatten wir Vogelfutter gehängt, beim Frühstück beobachteten wir die Blaumeisen und Kohlmeisen und Spatzen und Amseln, einmal ein Stieglitzpaar. Schon in den ersten Tagen hatte mich eine Andacht ergriffen, und ich begann, über das Leben nachzudenken, was mich in eine Stimmung versetzte, die mich an meine Jugend erinnerte und die entweder aus der Verzweiflung oder aus einem kosmischen Optimismus entsprang und eher in den Frühling als in den Winter passte. Das Starenhaus trug eine hohe Schneehaube, und es hatte sich vornüber gebeugt; ich konnte mir nicht vorstellen, dass irgendetwas Lebendiges darin Unterschlupf fand.

Dr. Beer und ich kletterten über eine Leiter aufs Dach und standen, unsere Schaufeln in der Hand, wie Pioniere im Sturm. Wenn wir zum Haus hinüberschauten, sahen wir hinter der breiten Fensterfront die Konturen von Monikas Wald. Wir sahen ihre Silhouette, als sie kurz das Wohnzimmer betrat. Sie griff sich mit den Händen in die Haare und hob sie hoch.

Ich fing an zu schaufeln. – Zögernd löste sich Dr. Beer von dem Bild und machte es mir nach.

Das Atelier hatten wir ein paar Jahre zuvor von einem befreundeten Architekten bauen lassen; vor allem, um einen Teil unserer Bücher darin unterzubringen. Es sieht aus wie eine im goldenen Schnitt proportionierte Schuhschachtel. Die Wände bestehen rundum aus Glas, das Dach wird getragen von den Buchenregalen und ist mit Erde bedeckt, Gras und Mohnblumen wachsen im Sommer dort oben. Es ist, wollen wir ehrlich sein, ein sündteurer Abstellraum. Wenn Oliver aus Wien kommt oder Lorenz, schlafen sie draußen. Ihre ehemaligen Bubenzimmer im Haus sind in Bügelzimmer und Bibliotheksraum umfunktioniert. Undine und die Kinder ignorieren das Atelier, sie wollen nicht einmal reinschauen. Für Undine ist unser altes Haus noch immer ihr eigentliches Zuhause, am liebsten schläft sie in ihrem Mädchenzimmer. Paula hat das Gartenhaus nur einmal betreten, nämlich weil dort die einzige Stereoanlage stand, deren Kassettendeck funktionierte, und sie mir Aufnahmen von Joe Zawinul vorspielen wollte, die sie aus Wien mitgebracht hatte. Am selben Tag fuhr ich zu einer Lesung, es war ein Mittwoch, am Freitag verunglückte sie. Ich pflege einen Tagtraum, in dem kommt sie uns besuchen, zusammen mit Philipp, der ihr letzter Freund war, in meiner Phantasie haben sie ein Kind, ein Mädchen, Emma, und wenn sie kommen, machen wir für sie und Philipp und Emma im Atelier ein Bett, und wir füllen den Kühlschrank mit guten Sachen, und dann will mir nicht einfallen, was für Sachen sie besonders gern hatte ...

Wenn wir Gäste haben, was selten vorkommt, schlafen sie im Atelier. Bisher hat es jedem gefallen, die Atmosphäre und das Licht sind bezaubernd, es riecht nach Harz. Bei Monika und mir wirkt dieser Zauber nicht. Auf Dr. Beer wirkte er ebenfalls nicht. Ob wir darauf bestünden, ihn aus dem Haus zu verbannen, hatte er gefragt. Worauf ihm Monika in Olivers ehemaligem Zimmer das Bett machte.

Die Arbeit erschöpfte mich schneller, als ich gedacht hatte. Seine Kondition war deutlich besser. Bei jedem Wurf stieß er einen tiefen Laut aus, als wär' er ihm seit jeher recht – der Kampf mit der Natur. Ich betrachtete sein Gesicht wie im Scherenschnitt, vom Nachbarn kam Licht, und ein wenig Licht fiel von der Straßenlaterne herüber. Bevor wir drei zu unserem kleinen Spaziergang aufgebrochen waren, hatte er sich umgezogen – eine grobe beige Kordhose, die er unten mit Fahrradspangen zusammen klemmte, damit sie nicht nass wurde, einen Pullover, kariert, so in der Art, wie ihn Engländer gerne tragen, einen wasserdichten, whiskyfarbenen Sweater und eben den Hut aus Känguruleder. Wir würden nach der Arbeit völlig durchnässt sein, aber das spielte keine Rolle, er hatte sicher genügend Garderobe in seinem Koffer, um sich zum Abendessen ein weiteres Mal umzuziehen.

»Warum hast du mir nie von deiner Frau erzählt?«, keuchte er. »Alles, was ich über sie weiß, weiß ich von anderen.«

»Von wem denn?«, fragte ich.

Er zuckte nur mit der Schulter.

3

Am Vormittag des folgenden Tages arbeiteten wir an meinem Manuskript. Dr. Beer schlug vor, dass wir ins Atelier übersiedeln sollten. Schlafen wolle er dort zwar nicht, laut sprechend auf und ab gehen aber schon. Meine beiden Arbeitszimmer liegen neben Wohnzimmer und Küche, und der Gedanke, dass Monika zuhören könnte, wie er den Dompteur spielte und mich über meine Sätze springen ließ, war ihm offenbar unangenehm.

Wir arbeiteten bis zwölf, dann aßen wir gemeinsam mit Monika in der Küche den Rest vom Milchreis, in Butter geschwenkt mit Zimt und Zucker, dazu Zwetschkenkompott aus dem Tiefkühler und Espresso. Anschließend brach er zu seinem Spaziergang auf, den Hut auf dem Kopf. Seine Wanderkleidung hatte in der Nacht auf der Heizung getrocknet. Über die Schulter hängte er sich eine geräumige provenzalische Wandertasche aus weichem Schafsleder, die er sich, wie er sagte, irgendwann in München hinter dem Rathaus bei *Manufactum* besorgt habe – und die ihm augenscheinlich zu nichts anderem diente, als darin ein Notizbuch und einen Bleistift spazieren zu tragen.

»Sie sehen aus wie Wilhelm Grimm«, sagte Monika, »als er über die Hessischen Felder ging, um jemanden zu finden, der ihm ein Märchen erzählt.«

»Dass Sie mich ausgerechnet mit Wilhelm Grimm vergleichen«, gab er zurück, »dessen Bruder ja mein großes Vorbild ist in allem, das werde ich Ihnen nie vergessen.«

Monika belegte zwei Brote mit Schinken und füllte in eine kleine Thermosflasche Tee ein. Wenn er auf seinem Weg an einer Doppelbank vorbei komme, solle er eine Pause einlegen und auf die Schweizer Berge schauen und dabei essen und trinken. Sie verspreche ihm, dieser Augenblick werde ihm bleiben. Alles andere werde er vergessen (womit sie ihn an seinen Besuch in ihrem Dschungel erinnern wollte; denn wenn er etwas *nicht* vergessen würde, dann diesen).

Der Föhn hatte nachgelassen, aber er hatte noch nicht aufgegeben. Immerhin regnete es nicht mehr, der Himmel war bewölkt, charakteristisch gerippt, im Süden über den Bergen blau. Einen Großteil des Schnees hatte der Wind in der Nacht weg geschmolzen. Es war warm wie im Mai.

Als wir allein waren, fragte mich Monika, ob ich mit ihr über den Schlossberg gehen wolle; jetzt, da er mir meinen Spaziergang weggenommen habe. Seit drei Wochen war sie nicht mehr auf ihrem Berg gewesen, das hatte sich auf ihr Gemüt geschlagen. Heute wolle sie es auf alle Fälle wenigstens versuchen, der Föhn habe den Schnee sicher auch dort oben weggeputzt. Sie brauche sich keine Gedanken zu machen, sagte ich, sie solle ruhig allein gehen, ich würde meine Mails beantworten und ein bisschen lesen oder mich eine halbe Stunde hinlegen oder ein Bad nehmen.

Seit Dr. Beer bei uns war, hatten wir noch keine Gelegenheit gefunden, allein miteinander zu sprechen. Ich hätte sie gern gefragt, was sie von ihm halte; aber weil sie von sich aus nicht damit anfing, dachte ich, sie wolle nicht über ihn sprechen. Sie genoss es, dass er verliebt war, und wenn wir darüber gesprochen hätten, wäre ihr der Genuss vielleicht genommen worden. Sie sah so schön aus, ihr Haar glänzte dunkel, in ihren Augen war eine Kraft, wie ich sie lange nicht mehr gesehen hatte, und die grobe, über den Schuhen zerrissene Militärhose, die sie nach so langer Zeit wieder anzog, wirkte an ihr wie ein exklusives teures Modestück.

Als ich sie vom Küchenfenster aus sah, wie sie auf dem Fahrrad unsere Straße hinauffuhr, die endlich wieder schneefrei war (oben, auf dem Parkplatz der Apotheke unter dem Felsen würde sie das Fahrrad abstellen), klopfte ich ans Fenster, und sie hob den Arm zum Gruß, ohne sich umzusehen.

Ich vertrödelte die Zeit, beantwortete meine Mails nicht, las nicht, legte mich weder aufs Sofa noch ins Bad, saß eine Viertelstunde zum Schreiben bereit vor dem Laptop, wechselte in meinem Zimmer eine Glühbirne aus; das war's.

Ich war in meinem Schreibtischstuhl eingenickt und schrak auf, als Monika die Garagentür zuschlug. Sie berichtete, sie sei nicht bis oben auf dem Berg gewesen, der Weg versinke immer noch im Schnee, bei der letzten Kehre sei ein Weiterkommen unmöglich gewesen.

Dann kehrte auch Dr. Beer von seinem Spaziergang zurück. Er war ausgelassen, glücklich; umarmte Monika, nahm ihr Gesicht zwischen seine Hände, und in seinen Augen stieg das Wasser nach oben. Drei Stunden war er fort gewesen.

Und er brachte eine Geschichte mit.

»Eine unglaubliche Geschichte!«

Schon während er die Schuhe auszog, begann er zu erzählen.

Als er auf dem von mir beschriebenen Weg an der

Autobahn entlang gegangen war, habe er von weitem einen Hund gesehen.

»Das kenne ich von meinen Spaziergängen. Das macht mir sonst nichts aus. Ich rufe den Besitzern zu, sie sollen das Tier an die Leine nehmen. Es gibt zwar immer wieder einige, die irgendetwas beweisen wollen, aber die meisten sind friedlich, und ihre Hunde sind es wohl auch.«

Dieser Hund hatte keinen Besitzer und keine Besitzerin.

Vorausgeschickt: Er fürchte sich vor Hunden. Seit seiner Kindheit fürchte er sich vor Hunden. Er kenne den Grund nicht. Es gebe keinen Grund, kein traumatisches Erlebnis. Die Hunde merkten das natürlich. Ein Hundekenner habe ihm den Reaktionsablauf im Gehirn des Hundes einmal so erklärt: Der Hund rieche die Angst, und er wisse – was auch immer Wissen bei einem Hund bedeute –, wie er selbst reagiere, wenn er Angst habe, nämlich: Bestehe noch die Möglichkeit zur Flucht, laufe er davon, bestehe die Möglichkeit nicht mehr, greife er an; und nun übertrage der Hund dieses Muster auf den Menschen: Da ist ein Mensch, der hat Angst, zur Flucht ist es für ihn zu spät, dazu ist er zu nah, er kann nicht so schnell laufen wie ich, der Hund, also wird der Mensch angreifen, Achtung! Nachdem auch für den Hund die Möglichkeit der Flucht nicht mehr besteht, wird er dem vermeintlichen Angriff des Menschen zuvorkommen.

»Seit mir dieser Hundekenner die Zusammenhänge erklärt hat«, lachte Dr. Beer eifrig und auch ein wenig hysterisch und unterbrach sich und ließ die hohe Luft in seiner Brust absinken, denn er war inzwischen so kurzatmig geworden, dass er nicht mehr in Sätzen, sondern nur noch Wort für Wort in seiner Geschichte vorwärts kam, »seit ich das alles weiß, bin ich keineswegs mutiger geworden. Aber das gilt nur bis zum heutigen Tag. Von nun an werde ich keine Angst mehr vor Hunden haben. Nie wieder.«

Der Hund machte keinerlei Anstalten zu fliehen, als er Dr. Beer sah; im Gegenteil, er lief auf ihn zu. Er war noch etwa fünfzig Meter von ihm entfernt; je näher er kam, desto schneller lief er; als habe er auf ihn gewartet. Dr. Beer blieb stehen, hoffte, es werde von irgendwo gleich der Besitzer oder die Besitzerin auftauchen, was allerdings sehr unwahrscheinlich war, die Gegend war gut einsehbar – links hinter einem Maschendrahtzaun verlief die Autobahn, da wuchs kein Baum, kein Strauch, rechts zwischen dem Weg und dem Auwald unten beim Alten Rhein lag ein breites Feld, das nun ein weißer sauberer Streifen war, auf dem man von weitem einen Spatz hätte sehen können.

Als der Hund nur mehr ein paar Sprünge von ihm entfernt war, habe er seine Wandertasche (die aus Schafsleder) voraus geworfen, sei über den Zaun geklettert und auf der anderen Seite in den Schnee gesprungen.

Er wartete, bis der Hund herangekommen war.

»Ich kenne mich bei den Rassen nicht aus. Kennt ihr euch bei Hunden aus?«

Wir hatten Katzen gehabt, das war etliche Jahre her. Die letzte hieß Pnin nach dem Professor aus Vladimir Nabokovs Roman, den Monika gerade las, als sie uns zulief. Pnin war Lorenz' Liebling gewesen, sie schlief auf seiner Zudecke. Eines Tages verschwand sie wieder. Freunde raten uns, wir sollten uns einen Hund anschaffen, weil der es bei uns gut hätte, Spaziergänger, die wir sind, und uns würde ein Hund ebenfalls gut tun, ein ewiges Kind sozusagen … In Gedanken vielleicht. Aber nur in Gedanken.

»Nein, wir kennen uns bei Hunden nicht aus«, sagte ich.

»Dackel, Spitz, Schäfer, Pitbull Terrier, Rottweiler, Dobermann, Appenzeller, Bernhardiner und Cockerspaniel«, sagte Monika kokett.

Es war ein großer Hund mit breitem Rücken, schwarz, kurzes Fell, am Kopf braune Flecken und auch ein bisschen weiß. Und er hatte einen langen, festen, kräftigen Schwanz. Er kam nahe an den Zaun heran, blieb vor Dr. Beer stehen. Er bellte leise. Er wedelte mit dem Schwanz. Erst nur wenig. Als Dr. Beer vor ihm in die Hocke ging, sehr heftig.

Dr. Beer sagte: »Ich fürchte mich vor dir. Muss ich mich vor dir fürchten?« Und wiederholte es noch einmal, langsamer und überbetont, als ob der Hund ein Ausländer wäre. »Muss ich mich vor dir fürchten? Muss ich mich vor dir fürchten?« Und immer leiser und leiser, bis er nur noch die Lippen bewegte.

Der Hund schmatzte und gähnte und trippelte, senkte den Kopf, streckte die Vorderläufe von sich, als wolle er sich verneigen, knurrte, was aber eher nach einem Murmeln klang, auf alle Fälle nicht zornig, gähnte noch einmal, blickte zur Seite, zwickte die Augen zu Schlitzen zusammen. Aber nur, solange er Dr. Beers Stimme hörte, verhielt er sich so; sobald dieser schwieg, reckte er sich empor, stand ruhig, nur sein Schwanz bewegte sich langsam hin und her.

Von der Autobahn dröhnte der Verkehr herunter. Niemand war auf dem Weg zu sehen. Und auf dem Feld auch nicht, und auch nicht auf dem Pfad, der am Auwald entlang führte.

»Wem gehörst du? Wo ist dein Herr? Oder deine Dame? Oder gehst du ganz allein spazieren?«

Wieder gähnte der Hund, leckte über seine Nase, bewegte die Pfoten und vollführte seinen Tanz.

»Geh weiter! Lass mich in Ruhe! Dann lass ich dich auch in Ruhe. Geh du in diese Richtung, ich geh in die andere. Ich weiß nicht, wo dein Herr ist oder deine Dame.«

Er erhob sich und stapfte am Zaun entlang durch den nassen Schnee. Der Hund setzte sich, als wäre es ihm befohlen worden. Als sich Dr. Beer umdrehte, sah er, dass er ihm nachblickte. Er blieb stehen, der Hund rührte sich nicht. Er rief – irgendetwas rief er, »He!« –, der Hund lief zu ihm.

»Ich bin nicht dein Herr. Tu nicht so, als ob ich dein Herr wäre! Ich will das nicht. Du hast keinen Grund, mir zu gehorchen. Geh weiter oder bleib sitzen, aber tu, was du willst, nicht, was ich will!«

Die klugen Hunde aus den Fernsehserien seiner Kindheit und Jugend fielen ihm ein – Lassie, Rin Tin Tin –, die in fast jeder Folge über Steine und Dornen, durch Bäche und Wälder hetzen mussten, um Hilfe zu holen, und dann alle Mühe hatten, einem begriffsstutzigen Menschen klarzumachen, dass irgendwo ein Artgenosse in größter Gefahr sei und auf Rettung warte. Mensch dumm, Hund klug; und oftmals: Mensch böse, Hund gut.

»Ist deinem Herrn etwas passiert? Willst du mir das

sagen? Oder wartest du nur darauf, dass ich zu dir über den Zaun steige, damit du mich ins Bein beißen kannst?«

Dr. Beer konnte an dem Hund keinerlei Anzeichen von Aggression erkennen. Aber was wusste er schon über Physiognomie und Bewegungssprache von Hunden? Wenn ein Hund mit dem Schwanz wedelt – so viel meinte er zu wissen –, dann heißt das: Freude. Und dieser hier wedelte mit dem Schwanz. Aber er hatte auch ein mächtiges Gebiss, die Beine waren muskulös und der Nacken ebenso, und die Pfoten waren wie Pranken mit unfreundlichen, braunen Klauen.

Als er diesmal weiterging, folgte ihm der Hund sofort, schnürte so dicht am Zaun entlang, dass er mit der Flanke den Maschendraht berührte. Auch Dr. Beer hielt sich nahe am Zaun. Sie gingen nebeneinander her, als wäre dies ihre tägliche Gewohnheit. Wenn der Mann den Schritt beschleunigte, beschleunigte der Hund den seinen. Wenn der Mann etwas sagte, hob der Hund den Kopf und schaute zu ihm auf. Sie waren wie Herr und Hund, nur dass zwischen ihnen ein Zaun war, den der Hund nicht überwinden konnte. Und dann hatte der Mann keine Angst mehr.

Nach einer Weile strebten Weg und Autobahn auseinander, der Zaun folgte der Autobahn. Er war angelegt worden, damit Rehe, Hasen, Füchse, Katzen –

oder Hunde – nicht auf die Fahrbahn gerieten und dort womöglich einen Unfall auslösten. Ohne irgendein Zeichen der Irritation verließ der Hund den Weg und folgte dem Zaun, das heißt: er folgte dem Mann.

Da ging der Mann wieder vor dem Hund in die Hocke. Diesmal steckte er die Finger durch die Maschen des Zauns und hielt sich an ihnen fest. Das hatte er sich vorher nicht getraut. Er hatte gefürchtet, der Hund würde nach seiner Hand schnappen. Aber der Hund schnupperte nur. Seine Nase berührte den Mittelfinger. Der Mann war stolz, weil er sich nicht fürchtete.

»Du siehst aus, als ob man sich vor dir fürchten müsste«, sagte der Mann. »Aber ich fürchte mich nicht vor dir. Trotzdem wäre es besser, du würdest weitergehen. Ich kann nichts mit dir anfangen.«

Ihre Nasen waren nun nahe beieinander. Und zum ersten Mal blickte der Mann dem Hund gerade in die Augen. Der Hund war so nahe, dass er schielen musste. Davor hatte ihn der Hundekenner dringend gewarnt: Man soll fremden Hunden niemals in die Augen sehen, jedenfalls nicht lange, das würden sie als pure Aggression empfinden. Der Mann blickte dem Hund lange in die Augen, und der Hund blickte zurück und wedelte dabei mit dem Schwanz. Aber dann wandte der Hund den Kopf ab und leckte sich über die Nase.

»Ich werde«, sagte der Mann zum Hund und erhob sich, »nun über den Zaun steigen. Tu mir nichts!«

Er ging ein Stück weiter, der Hund folgte ihm. An einer Stelle wuchs eine Weide in die Drahtmaschen hinein. Einen der Querdrähte hatte der Weidenstamm in sich aufgenommen, so dass es aussah, als wäre er durch das Holz gebohrt worden. Dort stieg der Mann über den Zaun.

Bevor er auf die andere Seite sprang, sagte er noch einmal: »Tu mir nichts! Erschrick jetzt nicht, Hund!«

Dann sprang er und landete vor dem Gesicht des Hundes. Er war bei der Landung zur Seite geknickt, lag nun am Boden, den Knöchel hatte es ihm verdreht, der tat weh, aber nicht sehr. Der Hund bellte und wedelte so heftig, dass er mit den Schenkeln dagegenhalten musste, damit sein Hinterleib nicht aus dem Stand gehoben wurde. Der Mann legte die Hand an den Hals des Hundes. Dann stand er auf.

»Was machen wir jetzt?« sagte er. »Soll ich dich irgendwohin begleiten? Willst du das? Ich habe keinen Weg, den ich gehen muss. Ich kann jeden Weg gehen. Ich bin zum ersten Mal hier, für mich sieht alles gleich aus. Führ mich, wohin du willst. Ein Stück weit können wir ja zusammen gehen.«

Aber der Hund blieb neben dem Mann sitzen und wartete, dass er ihm den Weg zeige.

»Hast du Hunger?«, fragte der Mann. Seine Tasche hatte er, bevor er über den Zaun geklettert war, an die Weide gehängt. Er öffnete die Schlaufen und nahm eines der Schinkenbrote heraus. Er gab es dem Hund. Der fraß gierig, das Brot und den Schinken. Und er hätte noch mehr Hunger gehabt, aber der Mann wollte das andere Brot für sich behalten.

Dass sich der Hund von ihm hatte angreifen lassen, und dass er den Mut gehabt hatte, ihn anzugreifen, machte den Mann sehr froh, und er war gerührt von sich selbst und von dem Hund, der neben ihm saß, als wäre er sein Herr und wäre sein Herr schon lange. Er beugte sich zu ihm nieder, streichelte ihm über den Kopf. Der Hund presste den Kopf gegen den Handrücken und dann gegen den Schenkel des Mannes.

»Wie soll ich zu dir sagen? Du hast doch sicher einen Namen. Was ist passiert, dass du allein bist? Bilde dir aber nicht ein, dass wir zwei etwas miteinander zu tun hätten. Ist es dir recht, wenn ich einfach nur Hund zu dir sage?« Er sagte: »Hund. Hund. Hund.«

Sie gingen in der Spur des Hundes zum Weg zurück. Sie waren allein. Weit und breit war niemand zu sehen. Der Mann setzte seinen Spaziergang auf dem Weg fort, der Hund ging neben ihm her.

Der Mann stellte fest, dass der Hund nur an seiner rechten Seite sein wollte. Wenn er um ihn herum ging, überholte ihn der Hund flugs und war wieder an seiner Rechten. Eine Zeitlang spielte er mit dem Hund Seitenwechseln. Der Mann kam zur Auffassung, weder gefalle dem Hund dieses Spiel, noch ärgere er sich darüber; vielmehr erkannte der Hund gar nicht, dass es sich um ein Spiel handelte. Da ließ es der Mann sein. Aber er redete weiter mit dem Hund. Auch wenn er fast gar nichts über das Mienenspiel eines Hundes wusste, zweifelte er nicht daran, dass es dem Hund gefiel, wenn er mit ihm redete.

Sie kamen zu der Stelle, wo vom geteerten Hauptweg ein schmaler Dammweg abzweigt. Ihn solle er gehen, wenn er die Doppelbank finden wolle, hatte man ihm gesagt. Der Damm führe zu einem Parallelweg, und der sei sicher geräumt. Auf dem Damm lag noch dick Schnee, die Fußstapfen der Vorgänger waren Löcher, in die der Mann bis zu den Waden eintauchte. Hier konnte der Hund nicht neben ihm gehen. Er lief voraus, lief neben den Löchern, versank im matschigen Schnee, an manchen Stellen so tief, dass er sich nur mit Mühe wieder herauswühlen konnte. Dennoch kehrte der Mann nicht um. Vielleicht, dachte er, wird es dem Hund zu dumm und er lässt mich allein weitergehen. Aber er hoffte es nicht.

Bei der Doppelbank gab der Mann dem Hund auch das andere Brot zu fressen. Er selbst begnügte sich mit dem Tee.

Der Mann saß auf der Bank und blickte hinüber zu den Schweizer Bergen, wie ihm geraten worden war. Weit draußen im Feld stand eine hohe, stattliche Tanne, nach Süden hin war sie dunkel und frei von Schnee, ihre Nordseite war starr und weiß.

Neben dem Weg waren auf schweren, senkrecht in den Boden gerammten Holzbalken Schilder angebracht mit Bildern von Tieren und Pflanzen, die der aufmerksame Spaziergänger hier beobachten konnte. Der Mann erfuhr, dass der in dieser Gegend ansässige Laubfrosch der einzige heimische Lurch sei, der auf Bäume und Schilfhalme klettere, um seine Beute zu jagen. Er betrachtete ein gemaltes Bild des Kammmolchs, der wie ein Drache aussah mit seinem gezackten Kamm über die ganze Länge seines Rückens; er las kleine Artikel über den Gelbrandkäfer, die Stabwanze und das krause Laichkraut, über den Gemeinen Froschlöffel, den Teufelsabbiss und über einen Schmetterling mit dem Namen »Heller Wiesenknopf-Ameisenbläuling«. Er trug die Namen in sein Notizbuch ein.

Während der Mann vor den Tafeln stand und schrieb, blieb der Hund bei der Bank sitzen.

»Du machst dir keine Sorgen, dass ich weggehe«, sagte der Mann, »du würdest mich gar nicht weggehen lassen, stimmt's.«

Er sah die rosa Geschlechtsteile mit den dunklen Flecken und bemerkte, dass es eine Hündin war.

Ihm fiel ein, dass er von einem Sommer auf den nächsten nicht mehr ein Kind gewesen war; dass er am Ende der Schulferien mit etwas nicht fertig geworden war – nicht um alles in der Welt wollte ihm in den Sinn kommen, was es gewesen sein könnte! –; dass er sich vorgenommen hatte, es im nächsten Sommer zu beenden; und ein Jahr später war es ohne Bedeutung gewesen, so dass er sich nicht einmal mehr daran erinnerte – bis heute nicht. Hatte es mit einem Tier zu tun gehabt? Irgendetwas, was sich nur im Freien tun ließ?

Ein Jogger kam den Weg herauf gelaufen. Als er den Mann und den Hund sah, wurde er langsamer, lief schließlich auf der Stelle. Er winkte dem Mann zu.

»Würden Sie bitte Ihren Hund festhalten«, rief er.

Der Mann nahm den Hund am Halsband und zog ihn zu sich heran. Die andere Hand legte er ihm über den Rücken. Der Jogger passierte und dankte.

»Er glaubt, du bist mein Hund«, sagte der Mann.

Dann gingen sie weiter.

Sie gelangten zu dem Kieswerk und dort auf die

Autostraße, die zur Schweizer Grenze führt. Bis zum Zollamt waren nur wenige Minuten zu gehen.

Auch der Zöllner winkte und rief dem Mann entgegen. »Halten Sie Ihren Hund fest!«, rief er.

Der Mann fasste wieder das Halsband des Hundes und sagte: »Er ist mir zugelaufen. Ich weiß nicht, was ich mit ihm tun soll. Er ist nicht mein Hund.«

Er sah dem Zöllner an, dass er ihm nicht glaubte. Und er sah ihm an, dass er sich vor dem Hund fürchtete.

»Ich kann dazu nichts sagen«, sagte der Zöllner. »Was soll ich dazu sagen?«

»Was soll ich mit ihm tun? Er geht neben mir her. Er tut, als wäre ich sein Herr.«

»Das kann ich mir nicht vorstellen«, sagte der Zöllner.

»Ich habe mir das auch nicht vorstellen können.«

»Er sieht gefährlich aus.«

»Ist er nicht. Ganz im Gegenteil.«

»Das sagen alle.«

»Er ist es nicht.«

»Woher wollen Sie das wissen, wenn er gar nicht Ihr Hund ist?«

»Er ist nicht gefährlich. Überhaupt nicht. Seit einer Stunde geht er neben mir her. Sie können ihn streicheln. Streicheln Sie ihn.«

»Das will ich lieber nicht.«

»Streicheln Sie ihn ruhig! Er tut nichts. Ich fürchte mich auch vor Hunden. Sicher viel mehr als Sie. Aber vor ihm fürchte ich mich gar nicht.«

Der Zöllner machte einen Schritt auf ihn zu. Da schlug der Hund an. Der Mann umklammerte das Halsband. Der Hund bäumte sich auf, fletschte die Zähne und bellte und fauchte. Er hatte eine tiefe erwachsene Stimme, die sehr entschlossen klang. Aber der Mann fürchtete sich trotzdem nicht vor ihm, und er wunderte sich selbst darüber.

»Sitz!«, rief er. »Sitz!«

Der Hund setzte sich und verstummte, und der Mann dachte: Jetzt habe ich mich verraten, denn wie soll das gehen, dass mir der Hund gehorcht, wenn ich nicht sein Herr bin.

Der Zöllner war in das Zollhäuschen geflüchtet. Er öffnete das Fenster einen Spalt. »Gehen Sie weiter!«, rief er.

»Aber wohin?«, rief der Mann zurück. »Ich kann mir das nicht erklären. Zu mir war er freundlich. Ich weiß nicht, was er hat.«

»Das sagen alle, Herrgott!«, schimpfte der Zöllner und schloss das Fenster, und der Mann sah, dass er weiterschimpfte in seinem kleinen Haus, das von außen einen so gemütlichen Eindruck machte.

Mann und Hund kehrten um, sie kamen an einem Reitstall vorbei. In den Koppeln standen Pferde, bewegungslos, wie Statuen. Der Mann fasste den Hund abermals am Halsband und ging mit ihm vor den Stall. Er spürte, dass sich der Hund hier nicht wohl fühlte. Nicht, dass er zerrte, er sträubte sich nur ein wenig. Vielleicht ist hier sein Zuhause, dachte der Mann, und der Hund will nicht zurück, weil er hier misshandelt worden ist. Nein, dachte er, das wäre Literatur.

»Ist hier jemand?«, rief er. »Hallo, ist hier jemand!«

Zwei Mädchen traten aus dem Stall. Als sie den Hund sahen, rückten sie zusammen und drückten sich an die Stalltür, die nur einen schmalen Spalt offen stand.

»Ist das euer Hund?«, fragte der Mann, wusste natürlich, dass dies nicht der Fall war.

Die Mädchen schüttelten den Kopf und verschwanden. Bald darauf trat ein Mann in einem blauen Overall aus dem Tor.

»Ist etwas?«, fragte er. Er machte den Eindruck, als wäre er sehr bereit, sich zu wehren.

»Gehört Ihnen dieser Hund?«

»Wie kommen Sie auf die Idee?«

»Er ist mir zugelaufen.« Der Mann in dem blauen Overall glaubte ihm auch nicht, das war ihm anzusehen. »Nein. Er ist mir wirklich zugelaufen. Vielleicht können Sie mir helfen. Ich bin nicht von hier. Ich habe nur einen Spaziergang machen wollen.«

»Es gibt Leute«, sagte der Mann im Overall, »die wollen einen Hund, und dann haben sie einen Hund, und dann wollen sie ihn nicht mehr, und dann bringen sie ihn zu einem Bauernhof, weil sie meinen, dort hat er es gut.«

»Es ist nicht so. Es ist, wie ich gesagt habe.«

Er wusste, dieser Mann würde ihm nicht helfen. Also ging er den kleinen Abhang hinauf zum Weg.

Dort ließ er den Hund wieder los. Der Hund wechselte an seine rechte Seite. Er drückte sich an den Schenkel des Mannes und blickte zu ihm hinauf. Das machte den Mann glücklich.

»Du bist ein guter Hund«, sagte er, »hast mich gerettet. Der Zöllner wollte mir etwas tun, und die beiden Mädchen wollten mir etwas tun, und der Mann in dem blauen Overall wollte mir auch etwas tun. Du bist ein guter Hund. Ich lobe dich gern. Aber ich kann nichts mit dir anfangen. Und du könntest auch nichts mit mir anfangen. Zu fressen habe ich auch nichts mehr für dich. Lauf weg! Oder bleib stehen! Los, lauf weg! Oder bleib stehen!«

Dann aber dachte er: Ich will später darüber nachdenken, wie ich ihn loswerden kann, jetzt will ich ihn noch eine Weile haben.

Und das war die Geschichte.

»Wir sind noch eine Weile herumgestreunt«, erzählte Dr. Beer, »sind über die Wiesen gegangen, durch den Schnee zu einem Hochstand und dann zum Wasser hinunter und quer durch den Auwald, und schließlich sind wir wieder zum Weg zurück und zurück auf dem Weg an der Autobahn entlang, wo er mir drei Stunden zuvor entgegengelaufen war. Und dann bei der Autobahnunterführung ist er stehen geblieben. Kein Schritt mehr weiter. Hat mich nicht mehr angesehen, hat sich die Nase geleckt und hat sich hingesetzt und den Kopf von mir weggedreht, demonstrativ, und die Ohren hat er angelegt. Ich bin vorsichtig weitergegangen. Durch die Unterführung. Habe mich nicht nach ihm umgedreht. Einen Schritt vor den anderen. Ich dachte, gleich wird er wieder neben mir sein, auf meiner rechten Seite. War er aber nicht. Ich war schon ein ganzes Stück unter der Autobahn hindurch, da habe ich mich doch umgedreht. Er saß immer noch mitten auf dem Weg. Immer noch den Kopf von mir weggedreht. Er hat mir nicht nachgeschaut. Er hat mich vollkommen ignoriert, das müsst ihr euch vorstellen. Als wäre nichts zwischen uns gewesen, Menschenskind! Also bin ich weiter. Was sonst? Vielleicht sitzt er immer noch dort. Aber was hätte ich tun sollen? Was hätte ich getan, wenn er mir nachgelaufen wäre?«

Er schaute Monika an.

»Hätten Sie ihn aufgenommen? So ein großes Vieh? Was würden Sie von einem Gast halten, der Ihnen so ein Geschenk macht? Sie würden sich bedanken. Der hätte Ihren Dschungel ruiniert. Passt ein wirkliches Ungeheuer in Ihren Dschungel? Er hat mich verwechselt. Kann das sein? Vielleicht hatte er einen Schock hinter sich, das habe ich mir überlegt, vielleicht hat ihn sein Besitzer oben an der Autobahn beim Pannenstreifen aus dem Auto geworfen, und davon hatte er einen Schock, und ich war der erste, den er nach diesem Schock getroffen hat. So erkläre ich mir das. Irgendwo hat er ein Loch im Zaun gefunden und ist auf den Weg gelaufen, und in eben diesem Moment bin ich unter der Autobahnunterführung herausgetreten, und er sieht mich, und in seiner Verzweiflung verwirren sich seine Nerven und Instinkte, und von da an ist er in seinem verwirrten Kopf mein Hund, und als wir wieder bei der Autobahnunterführung angekommen sind, hat er gemerkt, dass er doch nicht mein Hund ist, und da war ihm die ganze Geschichte peinlich. Das ist meine Interpretation. Was meinen Sie?«

Wieder wandte er sich nur an Monika.

»Er hat mir Ihre schönen Schinkenbrote weggefressen. Ich habe Hunger!«

Er ließ uns keine Zeit, seine Geschichte zu kommentieren oder Fragen zu stellen oder auf seine Fragen zu antworten. Zur Feier des Tages sollten wir ihn in dieses »interessante« Wirtshaus führen. Wir seien Gäste des Verlags.

Also rief ich bei Martin Griesser an, Wirt und Koch vom *Adler* draußen an der Kaiser-Franz-Josef Straße, damit er uns im Extrazimmer einen Tisch für drei Personen freihalte, und rief auch gleich ein Taxi. Der Martin ist ein Freund von mir. Sein Gasthaus ist tatsächlich interessant – komisch interessant und merkwürdig interessant. Die Gasträume sind im typisch zeitlos öden Sechzigerjahreresopalstil gehalten, aber wenn man sich zur Toilette begibt, an der offenen Küche vorbei, befindet man sich plötzlich in einer Welt aus Stahl, Marmor, sandgestrahltem Glas und computergesteuertem Überhaupt-Alles, als wäre man in einem futuristischen Tempel in Chicago Down Town; allerdings beschränkt sich diese Pracht vorläufig erst auf die Küche und das Klo.

Dr. Beer war – worüber Monika und ich uns kein bisschen wunderten – begeistert vom Essen und vom Ambiente, und als Martin an unseren Tisch kam, um sich zu erkundigen, wie es geschmeckt habe, erzählte er ihm gleich die Geschichte von dem Hund. Und er erzählte die Geschichte an diesem Abend noch ein drittes Mal, nämlich einem Ehepaar, das am Nebentisch saß. Und bevor ich ins Bett ging, hörte ich ihn in seinem Zimmer telefonieren, und wie ich mir aus den wenigen Worten, die ich verstand, zusammenreimte, erzählte er die Geschichte am Handy ein viertes Mal – wem auch immer.

Da fühlte ich mich plötzlich als Ankläger. Als übte Dr. Johannes Beer Verrat an seiner eigenen Geschichte, weiters Verrat an dem Mann, der sie erlebt hatte, und Verrat an dem Hund; vor allem aber Verrat an uns, die wir sie als erste gehört hatten. Der Ärger in mir war stärker als alle Warnsignale, die mich davor bewahren wollten, mich lächerlich zu machen.

4

In der Nacht frischte der Wind noch einmal auf, kein warmer Wind diesmal. Ich konnte nicht einschlafen; schließlich ging ich nach unten, schloss in der Bibliothek die Fensterläden, kochte mir in der Küche einen Topf mit Milch.

Monika kam herunter, setzte sich zu mir. Ich rührte Kakao in die Milch, goss etwas Vanillesirup dazu. Seit Paulas Tod schlafen wir nicht mehr so gut. Das heißt, wir schlafen nicht durch. Monika sagt, sie habe sich inzwischen daran gewöhnt. Ich habe mich nicht daran gewöhnt. Ich wache auf und fühle eine Schwäche in mir, ich denke: Ich habe nicht mehr die Kraft zu schlafen. Früher wäre mir dieser Gedanke paradox erschienen. Wie soll man zum Schlafen Kraft benötigen, wo der Schlaf doch gerade das Ende der Kraft bedeutet? Ich kann mich zum Schreiben zwingen, kann mich zum Spazierengehen zwingen, zum Lesen, alle zwei Monate zwinge ich mich zur Zusammenstellung

meiner Einnahmen und Ausgaben für unsere Steuer-
beraterin, es gelingt mir, in Gesprächen mit Freunden
Kräfte zu mobilisieren, die ich für längst erschöpft gehalten hatte, ich fühle mich dem Geben und Nehmen
einer Diskussion ebenso gewachsen wie früher, und
als ich mit Dr. Beer den Schnee vom Atelier schau-
felte, hatte ich die erste Entkräftung schnell über-
wunden, und dann ging's Wurf auf Wurf, und ich
freute mich sogar auf den Muskelkater; ich kann fünf,
sechs, sieben Stunden wandern, ohne eine Pause ein-
zulegen –; aber mir fehlt die Kraft zum Schlaf. Monika sagt: Wenn du aufwachst, bleib nicht liegen, geh
nach unten, setz dich vor den Computer, surf durchs
Wikipedia, lies etwas, schalt den Fernseher ein oder
schau dir eine DVD an oder hör Musik oder ruf jemanden an, der auch nicht schlafen kann, aber wälz
dich nicht im Bett herum, das macht dich fertig! Hab
ich alles probiert. Mit Hilfe von Wikipedia und anderen Websites habe ich mir ein gehöriges Wissen über
mittelalterliche Philosophie erworben – ich halte mich
inzwischen für einen Laien-Spezialisten in puncto Johannes Scotus Eriugena, und wenn ich mich konzen-
triere, bilde ich mir sogar ein, den Gottesbeweis des
Anselm von Canterbury zu kapieren; beim ZVAB be-
stelle ich mir in den Nächten die weiterführende Literatur, die dann in den folgenden Tagen vom Postboten

abgegeben wird, fremde Gegenstände, die sich erst, wenn es wieder Nacht ist, in lebendige Trostspender verwandeln. Johann Sebastian Bach liefert den Soundtrack zu Enge, Stille, Finsternis und Studium – durch viele Nächte hindurch hörte ich immer wieder Stücke aus *Die Kunst der Fuge*, versuchte, den Aufbau dieses gigantischen Geflechts aus Doppel-, Tripel-, Quadrupelfugen, Spiegelfugen und Kanons in allen erdenklichen Transpositionsintervallen zu ergründen; jedes Mal hinterließ mich die Musik um ein Gran unempfindlicher. In der Nacht beneide ich nicht den, der ich am Tag bin; aber am Tag graut mir ein wenig vor dem, der nachts so ganz andere Bedürfnisse, ganz andere Gedanken, einen ganz anderen Rhythmus hat, alles ein wenig dumpfer, logischer, mystischer, mittelalterlicher – was sich bereits am folgenden Tag als eine Erscheinungsform von Müdigkeit darstellt, und nichts weiter. Monika sagt: »Lass es so. Es ist gut so. Es ist deine Methode. Ich habe meine, du hast deine.« Dennoch – bisweilen krallt sich die Panik an meiner Brust fest, und sie hämmert mir ins Ohr: Du wirst nie wieder schlafen können wie früher, nie wieder. Und das hört sich an wie das Krächzen des Raben von Edgar Allan Poe: »Nevermore! Nevermore!«

Wenn es gar nicht geht, zerquetsche ich eine halbe Xanor zwischen einem Tee- und einem Esslöffel oder eine ganze und spüle das Pulver mit einem Glas Wasser hinunter. Mir wäre lieber, ich würde nur rauchen, wie früher. Seit ein paar Jahren nehme ich regelmäßig Trittico, davon wird man nicht süchtig. Vor dem Xanor habe ich Respekt. Ich habe im Netz ein Selbsthilfeforum gefunden, wo eine Frau schreibt, sie schlucke bis zu zwanzig Stück am Tag, schon mehrere Male habe sie versucht, sich zu entwöhnen, es sei die Hölle gewesen, sie habe es nicht geschafft, niemand könne ihr helfen, sie habe alle Hoffnung fahren lassen, wahrscheinlich werde sie sich umbringen. Das hat sie tatsächlich geschrieben! Oder einer hat sich einen Spaß gemacht, ein weiterer einsamer Bürger aus der Republik der Schlaflosen, Dantes *Göttliche Komödie* in der Hand, den Finger im Inferno. Ein Psycho-Werwolf. Um mit seinem Leiden, wie groß es auch immer sein mochte, fertig zu werden, hat er ein noch größeres Leiden erfunden und ins Netz gestellt. Als einen Köder. Verzweiflung sucht Verzweiflung. Komm, riech, wie süß! – Unser Freund, der so viele Jahre eine Entziehungsstation geleitet hatte, meint, eine Entwöhnung von Tranquilizern sei tatsächlich infernalisch und um vieles schwieriger als ein Heroinentzug.

Auch Monika hat sich etwas verschreiben lassen, ein neues Mittel gegen Depressionen. Am Anfang litt sie unter beängstigenden Nebenwirkungen, die sie nicht genau beschreiben konnte. Nach zwei Wochen war alles gut. Damit sie besser schläft, hat ihr unser Psychiater ebenfalls Trittico verschrieben, abends ein Drittel. Ich nehme täglich zwei ganze, am Morgen ein Drittel, vor dem Schlafengehen fünf Drittel. Sie überbrückt die wachen Stunden der Nacht, indem sie in ihr Notizbuch schreibt – mit ihrer unverwechselbaren Handschrift, rätselhaft und Staunen machend wie ihre Stimme. Ich weiß nicht, was sie schreibt, sie liest es mir nicht vor.

Und manchmal treffen wir uns nachts in der Küche. Als kämen wir aus verschiedenen Ländern. Dann koche ich für uns einen Kakao. Monika schneidet eine Banane auseinander, gibt mir eine Hälfte. Wir neigen den Kopf zur Schulter des anderen, Monika sagt, sie habe wieder nicht von Paula geträumt; ich sage, ich hätte auch nicht von ihr geträumt. Monika wärmt ihre Hände an der Tasse und legt ihre Füße in meinen Schoß, ich massiere sie. Ich tu das, weil es uns an Paula erinnert. Paula lag auf der Couch vor dem Fernseher, sagte, Mama, massier mir die Füße. Mit dem Kakaotrinken verhält es sich ähnlich. Gegen ihren Kummer habe ich ihr einen Kakao gekocht. Sie wollte nicht mehr in ihrem Mädchenzimmer schlafen. Wenn sie aus Wien kam, richtete ihr Monika Laken und Zudecke auf der Couch im Wohnzimmer. Das letzte Mal hatte sie in ihrem Bett geschlafen, bevor ihr damaliger Freund sie verlassen hatte. Durch ihr Zimmer geisterten noch immer all die Telefonate, sagte sie, sie schäme sich dafür. Als sie von ihrer Mexiko-Reise zurückkehrte, setzte sie sich an ihren Schreibtisch und tippte die Geschichten, die sie unterwegs in ein dickes amerikanisches Schulheft geschrieben hatte, in den Computer. Am Tag, sagte sie, sei das Zimmer ein neutraler Raum, sogar ein bisschen fremd, was sie gern habe; in der Nacht erinnere es sie zu sehr an die, die sie gewesen war. Aber die Tür sollte auch am Tag offen bleiben.

Spazierengehen stabilisiert uns einigermaßen, von Montag bis Freitag gehen wir jeder für sich allein, Monika über den Schlossberg, ich am Alten Rhein entlang bis Lustenau, am Samstag begleitet mich Monika auf meinem, am Sonntag ich sie auf ihrem Weg. Keinen Alkohol, auch keine Zigaretten mehr. Selten besuchen wir den Jour fixe des Jüdischen Museums, der am ersten Dienstag jedes Monats stattfindet; manchmal werden wir zu literarischen oder musikalischen Veranstaltungen eingeladen (und nehmen uns anschließend vor, in Zukunft öfter auszugehen); am schönsten sind die Abende im *Adler*, wenn sich die Rockmusiker treffen, mit denen wir befreundet sind, hinterher stinken wir nach Rauch, und der Bauch tut uns weh vom Lachen. Fernsehen kaum. Die Millionenshow mit Armin Assinger, weil dabei keine kathartische Arbeit erforderlich ist. Wir telefonieren mit Oliver, Undine, Lorenz. Wir schalten das Telefon auf laut, setzen uns vor den Apparat. Oliver erzählt uns von Marile, dass er ihr eine erdbeerfarbene Ukulele gekauft hat und dass sie den Beat erstaunlich gut halten kann. Undine gibt den Hörer gleich weiter an Oskar oder Soffie, weil sie weiß, dass die kleinen Stimmen uns beflügeln und unsere Erinnerung schärfen. Als Soffie noch nicht in der Schule war, hat sie uns öfter besucht und ist eine oder zwei, einmal sogar drei Wochen bei uns geblieben, die kleine Königin. Lorenz berichtet von jungen Frauen, die ihm Blicke zuwerfen, und dem Bild, an dem er gerade arbeitet. Neben dem Telefon steht eine Fotografie von ihm, sie zeigt ihn mit langen Haaren, den Kopf etwas zur Seite geneigt, lächelnd. Er hat eine Serie von seiner verstorbenen Schwester gemalt, zwei Bilder hängen in unserem Wohnzimmer, eines vorn, wo der Esstisch steht, das andere über der Couch in dem halb vom Zimmer abgeteilten Winkel. Die Urteilskraft springt aus ihren Augen wie blankes, warmes Metall.

Das Werkzeug des Teufels habe ich in die hinterste Ecke der untersten Schublade meines Schreibtischs verbannt: das digitale Blutdruckmessgerät. Ich bin irgendwann im Netz auf ein Forum gestoßen, wo sich Blutdruckmessjunkies austauschten; das sind Leute, die zehnmal, zwanzigmal, dreißigmal am Tag ihren Blutdruck messen. Es hatte Wochen gegeben, da hätte ich spielend mithalten können. Also ist auch das eine Krankheit, dachte ich, und beschloss, mich mit dem unkontrollierten Risiko eines Herzinfarkts oder eines Schlaganfalls auszusöhnen. Einem weiteren verfluchten Fallstrick des Teufels, nämlich dem Zwang, bei jedem kleinen Zucken im Internet nach Selbsthilfeforen für unter kleinem Zucken Leidende zu forschen, glaube ich inzwischen ebenfalls entronnen zu sein. Seither geht es mir besser. Ich spiele auch wieder auf der Gitarre. Das war mir nach Paulas Tod lange nicht möglich gewesen. Manchmal saßen Paula und ich auf der Stiege und sangen zweistimmig Bob Dylans *I shall be released.* »Spiel's als Reggae«, sagte sie. Sie schlug das Tamburin dazu. Das hat sie mir zuliebe getan; weil sie natürlich wusste, wie gern ich Bob Dylan habe … Anstatt Gesundheitsseiten aufzurufen oder mich in Neurotiker- und Hypochonderdiskussionen einzuklinken, schaue ich mir Websites mit Gitarren an, alten Dobros, Nationals, Fenders und Gibsons, Vintage Jazz Gitarren – eine milde Medizin, die auf die Heilkraft von alten Träumen vertraut.

Jeden Tag besuchen wir Paulas Grab, Monika am

Vormittag, ich am Abend, am Wochenende gehen wir gemeinsam. Wir sorgen dafür, dass die Lichter nicht ausgehen. Wir reden mit ihr, jeder für sich. Monika verabschiedet sich, indem sie einen Finger auf Paulas Bild legt, ich, indem ich einen Finger auf die Erde lege – dort, wo ihr Kopf ruht, den ich so oft zwischen meinen Händen gehalten habe, als sie ein Kind war; aber auch später; zuletzt, als ich sie am Morgen um halb acht vom Bahnhof abgeholt hatte, sie war mir mit ausgebreiteten Armen entgegengelaufen, der Fahrdienstleiter hatte gelacht und gesagt, er wünsche sich, einmal so begrüßt zu werden.

Die Besuche am Friedhof tun uns gut. Aus diesem Grund unternehme ich nicht gern längere Lesereisen. Ich müsse das mit der Presseabteilung des Verlags besprechen, hatte Dr. Beer gesagt, er sei dafür nicht zuständig; er wäre auch zufrieden, wenn nur zwei Exemplare von jedem Buch, das er lektoriere, gedruckt würden, eines für den Autor, eines für ihn. Ich hatte *nicht* zu ihm gesagt: Seit dem Tod unserer Tochter möchte ich nicht mehr so lange von zu Hause fort bleiben. Ich hatte gesagt: »*In letzter Zeit* möchte ich nicht mehr so lange von zu Hause fort bleiben.« Ich hatte gehofft, er werde fragen: Seit dem Tod eurer Tochter? Dann hätte ich geantwortet: Ja, seit Paulas Tod. Ich hatte gehofft, er werde fragen: Willst du mit mir darüber sprechen? Ich hätte geantwortet: Ja, das will ich. Alle unsere Freunde haben uns irgendwann gefragt, ob wir mit ihnen über Paulas Tod sprechen wollen.

Mit Monika über den Berg zu gehen fällt mir schwer. Das wird niemals anders werden. Wir gehen an der Stelle vorbei, wo Paula und ihre Freundin abgestürzt sind. Die Freundin kam mit leichten Schürfwunden davon, Paulas Kopf schlug auf einen Stein. Sie war nie richtig auf dieser Welt gewesen, sagt Monika, sie hat den Boden nur mit den Fußspitzen berührt.

Monika ging gleich wieder ins Bett, nachdem sie ihren Kakao getrunken hatte. Ich blieb noch in der Küche sitzen, schlug im *Standard* die Seite mit dem Sudoku auf. Sudoku war eine der Begleiterscheinungen meiner Depression gewesen – Blutdruckmessen, Sudoku-Lösen, *Kunst der Fuge*. Einen ganzen Sommer lang hatte ich jeden Morgen auf den *Standard* gewartet, weder der Politikteil hatte mich interessiert noch der Kulturteil, Wirtschaftsteil und Sportteil lese ich sowieso nie.

Noch nicht ein einziges Quadrat hatte ich fertig, es war kurz nach zwei, ich hörte Schritte im Stiegenhaus, dachte, Monika kommt noch einmal herunter.

Dr. Beer war's.

Er war barfuß, trug einen flaschengrünen Schlafanzug mit feinen rostroten Karos und eleganten Revers, darüber einen Morgenmantel aus demselben Stoff, entweder ein Billigangebot aus China oder von einem Schneider angefertigt. Dass er tatsächlich für die zwei, drei Tage, die er bei uns bleiben wollte, einen Morgenmantel mitgenommen hat? Ob er vielleicht einkalkuliert hat, dass wir zu dritt im Pyjama frühstücken würden (was wir dann ja auch taten)? Oder war der Mantel gedacht allein für den Weg von seinem Zimmer zum Bad, zwei Stiegen hinunter, zwei Stiegen hinauf? Wie viele Gepäckstücke benötigte dieser Mann, wenn er zwei, drei Wochen unterwegs wäre?

Ob wir zu laut gewesen seien, fragte ich. Waren wir mit Sicherheit nicht; Monika und ich hatten ja kaum ein Wort miteinander gesprochen.

Er könne nicht schlafen, sagte er.

»Immer nicht oder nur heute nicht?«, fragte ich, durchaus hoffend, daraus könne sich ein Gespräch unter Fachleuten entwickeln. Ich bemühte mich, den kalten Unterton aus meiner Stimme zu eliminieren. Ganz glückte es mir nicht. (Der Ankläger lauerte noch in mir. Aber wie es schien, hatte Dr. Beer seine Geschichte auserzählt; mit keinem Wort kam er auf sie zu sprechen – und dabei blieb es in dieser Nacht.)

»Nur heute nicht«, sagte er.

Er wirkte wach, erfrischt, sah gut aus, wirklich gut – sein sonnen- oder solariumbraunes schmales Gesicht, glatt rasiert (eine Rasur vor dem Schlafengehen?), sein dichtes, aluminiumgraues, überall gleich kurzes Haar, die schlanken Hände, die gepflegten, wohlgeformten Fingernägel, die mir schon bei unserer ersten Begegnung aufgefallen waren. Er trug keine Uhr, keinen Ring. Selbst die Füße waren gebräunt, als wäre er erst von einem Urlaub aus Sharm El Sheikh zurückgekehrt. Er benötigte keine Brille.

Er habe gelesen. In den Krimis, die in seinem Zimmer stünden. »Hast die ganzen James Hadley Chase aufgehoben? Ich habe sie alle weggeworfen, und den Mickey Spillane dazu und den Erle Stanley Gardner, sogar den Dashiell Hammett, auch den Raymond Chandler. Ich habe das Zeug haufenweise gelesen während meines Studiums. Highsmith, Ambler, alles weg, weg, weg. Die meisten habe ich im Kamin verbrannt. Ein Buch ist wie ein Brikett.«

Ich schenkte ihm eine Tasse Kakao ein.

Ein wenig wiegte er mit seinem Kopf vor und zurück, er hatte Musik im Kopf, und ich durfte raten, was für eine. Ich sehe es als ein Symptom von Resignation, dass ich mich inzwischen mehr zur klassischen Musik hingezogen fühle, und die alten Begleiter – Van Morrison, Bruce Springsteen, Neil Young und die anderen – nicht mehr die alten Geschichten in mir aufrufen, oder dass diese Geschichten mir nicht mehr genügend Energie liefern, um mich und mein Leben in ihnen zu installieren. Er bewegte sich, als lausche er einem Blues. Ich wäre gern mit dabei gewesen. Er war zurück vom Kampf mit der Natur, hatte ihn bestanden und lebte nun in Frieden mit den Menschen und konnte getrost sein, dass die Menschen seine Geschichte verstanden. Die umfasste beileibe nicht den gesamten Besitz seiner Vergangenheit, aber er hatte sie erzählt, und das genügte: ein Mann und ein Hund. Mit den Zehen wischte er einen Tropfen Kakao vom Boden auf. Er trank mit spitzen Lippen, weil der Kakao sehr heiß war, blies über die Oberfläche, die sich zu einer Haut kräuselte, dann zupfte er die Haut ab und steckte sie in den Mund. Ich mach das genauso, hab das immer so gemacht. Wir liebten die gleiche Literatur – ein großer Teil des Besitzes unserer Vergangenheit legte Zeugnis ab von erfundenen Ländern, erfundenen Städten, wo wir erfundene Zeit zusammen mit erfundenen Männern und Frauen verbracht hatten, und oft waren es dieselben Länder, Städte, Männer, Frauen – dennoch: Ähnlich wie zwei Tage zuvor am Telefon: Ich hörte, er hörte, wie er, wie ich, an einem Satz bastelte – diesmal, um uns gegenseitig zurück zu rufen und uns daran zu erinnern, dass wir auf dem Weg gewesen waren, Freunde zu werden – wenn so etwas in unserem Alter überhaupt noch möglich ist. Wenn so etwas in unserem Alter überhaupt noch möglich ist, dann gewiss nicht aus der Jugendkraft der Empfindungen heraus, sondern als eine Entscheidung, als ein gut überlegtes Setzen des Ist-Gleich-Zeichens zwischen den Gewichten. Genauso kompliziert und über die Bande gespielt muss man es ausdrücken. Freilich, wenn der Mann dem Hund begegnet, lässt sich davon in bloßen Hauptsätzen berichten. Gemeinsam zu schweigen, wie es Joseph Conrad und Ford Madox Ford so vortrefflich gepflogen hatten, das hatten wir beide nicht gelernt. Er war Lektor und wusste, auch um das Schweigen zu rühmen, musste man eine Stimme haben.

Hier ein Gespräch, wie ich es gern mit ihm geführt hätte (Sturm, Nacht, Heide, eine Hütte, Lear und sein Narr):

»Wie kann ich über den Tod unserer Tochter schreiben?«

»Willst du denn darüber schreiben?«

»Das möchte ich, ja.«

»Ich denke, ich weiß, wo das Problem liegt. Du bist dir nicht sicher, ob du Literatur machen willst oder bloße Erinnerung, hab ich recht?«

»Ich will, dass sie bei mir ist. Und ich habe die Hoffnung, dass sie näher bei mir ist, wenn ich über sie schreibe.«

»Ich bin überzeugt, dass es so ist. Aber wenn du über sie schreibst, ist es Literatur, und dann kommen Überlegungen ins Spiel, die deinen Wünschen und Hoffnungen Zügel anlegen und sie womöglich sogar zurechtbiegen wollen, weil Dramaturgie nötig ist, damit eine Erzählung daraus wird. Wäre das nicht wie ein Verrat?«

»Mit solchen Worten kann ich nichts anfangen, wenn ich an sie denke. Ich hoffe jeden Abend vor dem Einschlafen, dass ich von ihr träume. Ich erwarte von einem Traum ja auch nicht, dass er sich einer Dramaturgie unterwirft. Ich will nicht, dass sie sich als einzige Wirklichkeit in einer erdachten Welt zwischen vorgestellten Dingen bewegt. Verstehst du, was ich damit meine?«

»Nein.«

»Dass ich nur über sie schreibe, wie sie gewesen ist. Dass ihr Leben also auch in der Literatur mit einundzwanzig Jahren endet. Das will ich nicht.«

»Und wenn du einfach deine Erinnerungen niederschreibst und dir weiter gar keine Gedanken machst?«

»Das brauche ich nicht. Das würde ich vielleicht brauchen, wenn ich allein wäre. Monika und ich sprechen immer davon, was war. Alle Erinnerungen enden in ihrem einundzwanzigsten Lebensjahr. Ich will aufschreiben, was weiter gewesen sein könnte. Damit es außerhalb von mir ist, verstehst du das?«

»Das verstehe ich, ja, ich denke, das verstehe ich. Vielleicht ist das überhaupt der erste Impuls, wenn sich einer hinsetzt und eine Geschichte zu schreiben beginnt.«

»Und ich es ansehen kann und mir vorlesen kann. Und es auch andere sehen und sagen: Es ist wahr. Eigentlich: Es könnte wahr sein.«

»Mir würde dieser Impuls als komplette Theorie der Literatur genügen.«

»Theorien interessieren mich nicht.«

»Das weiß ich. Und sie sollen dich auch nicht interessieren. Fang ja nicht damit an!«

»Manchmal rief sie an, und so, wie ihre Stimme klang, wusste ich, was gleich folgen würde. Sie würde fragen, ob die Mama da sei, ich würde Monika rufen, und sie würde sagen: Schaltet das Telefon auf laut, ich möchte euch etwas vorlesen. Und dann hat sie uns eine Geschichte vorgelesen. Und hinterher hat sie gesagt: ›Aber seid ehrlich, wenn es eine Rimbaud-Scheiße ist.‹ Mit Rimbaud-Scheiße hat sie jede Art von Gefühlsüberschüssen gemeint. In vielen ihrer Geschichten hatte sie von sich erzählt, aber nicht, was sie erlebt hatte, was hinter ihr lag, sondern von etwas, das vor ihr liegen könnte. Sie hatte sich in diesen Geschichten ihr Leben vorauserzählt, gar nicht weit in die Zukunft hinein, manchmal *nur wenige Minuten. In den Geschichten, die ich mir ausdenke, fällt sie zwar vom Berg, aber es macht ihr nichts aus, sie rutscht einfach nur ab. Es gibt aber auch eine Geschichte, die geht so: Ich gehe an diesem Tag zufällig auch auf den Berg, und ich höre sie rufen, sie ruft nach mir, ich sehe sie rutschen, und ich stehe wie ein Fels und fange sie auf. Diese Geschichte habe ich mir in den ersten Monaten nach ihrem Tod erzählt. Da war noch der Gedanke in mir, dieser hartnäckige Gedanke, es könnte alles nur ein Traum sein. Ich glaube an die Literatur, wie auch du an sie glaubst, sonst hätte ich mein Leben verfehlt und du doch auch deines, nehme ich an, und wie könnte man zum Beispiel Grillparzer ernst nehmen mit seinem* Der Traum ein Leben, *wenn es so etwas nicht auch in der Wirklichkeit gäbe oder wenigstens schon gegeben hätte? Oder so viele Märchen! Oder wenn Alice hinter den Spiegel geht! Sag mir noch eine Geschichte!«*

»*Jean Pauls* Rede des toten Christus vom Weltgebäude herab, dass kein Gott sei. *Dort träumt auch einer und wacht dann auf, und der Traum war schrecklich, und er ist froh, dass er aufgewacht ist.*«

»*In den späteren Geschichten kommt der Berg nicht mehr vor. Als Paula und Lorenz Kinder waren, haben wir ihnen jeden Abend eine Geschichte erzählt. Am liebsten hatten sie Geschichten, die damit anfingen, dass der*

Wecker klingelt und ein Tag beginnt, und dieser Tag war der gleiche Tag, den sie gerade erlebt hatten. In meinen späteren Geschichten klingelt das Telefon, und sie sagt: Schaltet den Lautsprecher ein! Aber sie liest uns keine Geschichte vor, sondern erzählt, wie glücklich sie mit Philipp ist und dass sie vielleicht schwanger ist und dass sie das Kind, wenn es ein Mädchen wird, Emma, und wenn es ein Bub wird, Fritz taufen möchte. Oder sie erzählt, dass sie auswandern möchte, nach Mexiko. Als sie aus Mexiko zurückkam, hatte sie als erstes gesagt: Dorthin fahr ich auf alle Fälle wieder. Und diese Geschichte geht weiter: dass sie mit ihrer Familie in Mexiko lebt, und dass wir sie besuchen, Monika, Oliver, Undine, Lorenz und ich. Aber das ist dann schon zu weit weg von aller Wahrscheinlichkeit, und es gibt nichts mehr an dieser Geschichte, woran ich noch glaube. Sie könnte darin jede beliebige Person sein. Sie hat mir eine Kassette mit mexikanischer Musik aus Mexiko mitgebracht. Ich habe sie verloren, weil wir im ganzen Haus keinen Kassettenrekorder mehr haben. Monika hat sie eine mexikanische Madonna mitgebracht. Sie steht jetzt im Dschungel.«

»Sie wollte nicht mehr in ihrem Zimmer schlafen.«

»Wer hat dir das erzählt?«

»Monika hat es mir erzählt, als sie mir das Bett oben gemacht hat. Sie hat mir erzählt, dass Paula, wenn sie zu Besuch war, immer gesagt habe, morgen werde sie wieder in ihrem Bett schlafen, morgen ganz gewiss, heute schaffe sie es noch nicht, aber morgen ganz gewiss.«

»Das hat dir Monika erzählt?«

»Ja, als du im Bad warst, nachdem wir den Schnee vom Dach eures Ateliers geschippt haben. Nachdem sie mir das Bett gemacht hat, haben wir uns vor ihrem Urwald in die roten Fauteuils gesetzt und Tee getrunken und miteinander gesprochen. Sie hat mir erzählt, Paula habe gesagt, ihr Zimmer erinnere sie zu sehr an die, die sie gewesen war. Auch Monika würde gern über eure Tochter schreiben. Das weißt du doch sicher. Das hat sie mir gesagt.«

»Sie hat eine Erzählung über sie geschrieben.«

»Ich weiß, auch das hat sie mir gesagt. Sie hat mir auch erzählt, dass sie in der Nacht, wenn sie nicht schlafen kann, in ihr Notizbuch schreibt.«

»Und was sie schreibt, hat sie dir auch erzählt.«

»Ihre Überlegungen kreisten immer um diesen Satz von Paula, sagte sie: dass sie ihr Zimmer zu sehr an die erinnere, die sie gewesen sei. Darüber denke sie nach. Aber sie sei inzwischen zur Auffassung gelangt, es bedeute nichts weiter, als dass sie in diesem Zimmer von ihrem Freund verlassen worden sei, und mehr sei nicht dahinter, das sei ohnehin genug. Sie habe, erzählte sie mir, am Anfang jedes kleine Detail einer Erinnerung, jeden Gegenstand, den Paula in der Hand gehabt habe, jeden

Blick auf einer Fotografie, jede Zeile, die sie auf einem
Blatt oder in einem Heft gefunden habe, alles habe sie mit
Bedeutung aufgeladen. Heute denke sie, das sei unge-
recht, nämlich Paula gegenüber ungerecht, weil sie ihr
damit im Nachhinein die Normalität ihres kurzen Le-
bens nehme.«

»Und was hast du darauf geantwortet?«

»Dass ich auch dieser Meinung sei. Sie solle sich nicht
sorgen, sagte ich zu ihr, sie solle einfach nur erzählen.«

»Und hat sie erzählt?«

»Ja. Sie hat mir von Paulas letztem Tag erzählt. Ihr
hättet die große Birke fällen lassen, erzählte sie, und sie
habe die Äste aufgelesen, die überall im Garten verstreut
waren, und Paula sei oben auf der Terrasse im Schneider-
sitz auf dem Tisch gesessen und habe ihr zugesehen, dann
sei ihre Freundin gekommen und habe sie abgeholt zum
Spaziergang auf den Berg. Und dann seien die beiden
Polizisten in den Garten gekommen, eine Polizistin und
ein Polizist …«

»Nicht weiter, bitte.«

»Aber auch darüber würdet ihr schreiben müssen.«

Würde er vielleicht sagen.

Er zog die Zeitung zu sich herüber. »Du löst Sudoku?
Das ist nicht gesund.«

»Was soll daran nicht gesund sein?«

»Es führt zu Depressionen.«

Ich spürte, wie ich rot wurde. Als hätte er mich überführt. Er *hatte* mich überführt. Meine Depressionen waren Blödsinn.

»Es ist das Gleiche wie das Erfinden von Schüttelreimen. Erich Mühsam hat seine Schüttelreime in Phasen der Depression geschrieben. Das ist die traurigste Art von Literatur. Außer vielleicht Sonettenkränze zu flechten, das ist noch trauriger. Euer Josef Weinheber war mit Sicherheit ein depressiver Mensch. Warum tut ein vernünftiger Mensch so etwas? Eure Berge sind auch nicht gesund. Auch wie eine Mauer ohne eine Öffnung.«

Ich hörte Monika die Stiege herunterkommen. Vor der Küchentür blieb sie stehen. Er hatte sie ebenfalls gehört und wechselte ohne Überleitung das Thema, sprach nun deutlich lauter, so dass er sicher sein konnte, dass sie jedes Wort verstehe; und ich war mir sicher, dass sie jedes Wort verstand, denn sonst hätte sie die Klinke niedergedrückt und wäre zu uns hereingekommen.

Er sagte: »Ich denke mir, irgendwann einmal, wahrscheinlich sehr früh in ihrem Leben, hat Monika …«, – zum ersten Mal nannte er vor mir ihren Namen, und er tat es, damit sie draußen vor der Tür wisse, dass von ihr und nicht von irgendeinem persönlichen Fürwort die Rede sei –, »… in den Spiegel geschaut und festgestellt, sie kann tun, was sie will, für eine reizlose Frau würde man sie nie und nimmer halten.«

Er wartete, bis wir wieder die Dielen auf der Stiege knarren hörten, dann erhob er sich, mühsam – eine Mühsal, wie ich sie seinem straffen, geraden, muskulösen Körper nicht zugetraut hätte –, beugte sich zu mir nieder, legte seine Hände auf meine Schultern, verharrte eine Weile so und sagte schließlich: »Ihr habt mich heute Abend sehr glücklich gemacht. Danke.«

Er hatte seinen Satz gefunden, und ich fand meinen. Ich sagte: »So eine Formulierung würdest du mir nie durchgehen lassen.«

»Natürlich nicht«, kicherte er und verließ die Küche.

5

Mein Unglück geschah am dritten Tag seines Aufenthalts. Er wünschte sich, dass Monika, er und ich gemeinsam zum Alten Rhein hinunter gingen (wo er uns am Ort des Geschehens sein Abenteuer noch einmal erzählen wollte – wie ich vermutete). Monika sagte, wir sollten ohne sie losziehen, sie versuche es noch einmal mit dem Schlossberg, vielleicht sei er ihr heute gewogen.

»Und wenn wir Sie begleiten?«

Das wollte sie nicht.

Nun war es ihm nicht mehr möglich, jedenfalls nicht, ohne mich zu kränken, zu seinem Prinzip »gehen und allein sein, unter allen Umständen« zurückzukehren; und mir war es nicht möglich, jedenfalls nicht, ohne ihn zu kränken, ihn an dieses Prinzip zu erinnern.

Bei der Autobahnunterführung sagte ich – warum nur sagte ich das? –, ich würde lieber unten am Alten Rhein entlang gehen als oben an der Autobahn. Der Himmel war niedrig bedeckt bei einer Temperatur von knapp über Null Grad. Die Spitzen der Hochspannungsmasten verschwammen im strukturlos grauen Hintergrund. Bei den Schrebergärten parkte ein kleiner Van, die Heckklappe stand offen. Ein Mann und eine Frau schauten zu uns herüber, er hatte einen Arm voll Brennholz im Arm, sie die Hand an der Tür zu ihrem Häuschen. Ich grüßte, sie nickten mit dem Kopf. Dr. Beer winkte ihnen zu.

Das Wasser des Alten Rheins war noch zugefroren, auf dem Eis hatten sich ausgedehnte Pfützen gebildet. Der Schnee war unter dem Föhn dahingeschmolzen, der Weg war aufgeweicht. Unsere Schuhe versanken bis zu den Knöcheln im Matsch. Meinen Begleiter schien das nicht zu stören. Und es schien ihn nicht zu stören, dass wir auch bei Tag zu keinem Gespräch fanden. Also schwiegen wir. Wie immer empfand ich ein Unbehagen, unter den Bäumen zu gehen, obwohl ihre Kronen licht waren und wir durch sie hindurch den Himmel sehen konnten.

Der Weg war anfangs breit genug, um nebeneinander zu gehen. Bei der Furt wurde er eng und führte in den Auwald hinauf. Ich schritt voran. Zwischen den Quadersteinen des ehemaligen Damms wuchsen Erlen, Weiden und Eschen empor, an manchen Stellen hatten ihre Wurzeln die Steine aus ihren Fassungen gedrängt. Äste waren unter der Last des Schnees heruntergebrochen und hatten lange Streifen Rinde von den Stämmen gerissen. Jüngere Bäume waren über dem Boden abgeknickt, der Weg durch den Wald war mühsam. Schließlich stiegen wir wieder zum Wasser hinunter und gingen an dem Schilf entlang, das im Eis stand. Auf diesem Pfad waren keine Fußspuren, wir waren die ersten nach dem großen Schnee. Drüben auf der Schweizer Seite warfen Buben Steine über das Eis.

Wir waren gerade um die erste Landzunge gebogen, wo im Sommer die Badenden liegen, friedlich Schweizer und Österreicher nebeneinander, da sah ich den Hund – wie ihn Dr. Beer Monika und mir und dem Wirt vom *Adler* und dem Ehepaar am Nebentisch und dann mitten in der Nacht noch jemandem am Handy beschrieben hatte: groß, dunkel, mit braun-weißen Flecken am Kopf. Er stand draußen auf dem zugefrorenen Baggersee, die Schnauze zum Eis gesenkt. Dr. Beer war gerade mit seinen Schuhen beschäftigt, er hatte ihn noch nicht bemerkt, und einen Augenblick überlegte ich, ob ich ihn nicht einfach beim Arm nehmen und sagen sollte, ich hätte genug, ich wolle umkehren, nach Hause.

Aber dann sagte ich: »Ist er das?«

»Ja, das ist er!«, rief er, und lief mit einem offenen Schnürsenkel aufs Eis hinaus. »Hund! Hund«, jubilierte er, »kennst du mich noch! Komm her, du Großer, komm her zu mir!«

»Tu das nicht«, rief ich ihm nach.

Der Hund bellte, begann zu galoppieren, seine Füße griffen erst nicht auf dem Eis, er rutschte, so dass es seinen Hinterleib zur Seite drehte, aber dann rannte er auf den zu, den er für seinen Herrn gehalten hatte – und wohl wieder für seinen Herrn hielt.

Und brach ins Eis ein.

Nicht weit von der Kiesbank entfernt brach er ein. Ich kannte das Gewässer hier sehr gut. Direkt beim Ufer war es seicht, aber nur ein paar Schritte weiter, und die Ausbaggerungen begannen. Vielleicht wäre es ihm möglich gewesen, sich aus dem Wasser zu retten, wenn er nicht so wild mit den Hinterbeinen ausgeschlagen hätte. So brach er gleich noch mehr ein. Er stemmte sich mit den Vorderläufen auf dem Eis ab, aber zwei Drittel seines Körpers waren bereits nach wenigen Sekunden unter Wasser.

Dr. Beer rannte augenblicklich ans Ufer zurück, breitbeinig, die Arme ausgestreckt, um eine möglichst große Oberfläche zu bilden, falls auch er einbräche – was völlig unsinnig war, denn bei jedem Schritt setzte er ohnehin sein ganzes Körpergewicht auf die winzige

Fläche einer Sohle. Auf seiner Seite hielt das Eis. Es war die Schattenseite der kleinen Bucht, über das Ufer ragten Weiden, Birken und Föhren, auch im Sommer trocknete der Weg darunter nur selten aus.

»Was machen wir?«, rief er mir entgegen. Er war außer Atem, als er schließlich neben mir stand. »Er wird ertrinken, wenn wir ihn nicht rausziehen.«

Ich lief am Ufer entlang um die Bucht herum, wo ich näher bei der Stelle sein würde.

»Kommen Sie«, rief ich, »vielleicht schafft er es ja von allein.« Ich hatte ihn wieder mit Sie angesprochen, und darüber hätte ich lachen mögen.

Das Lachen kitzelte mich tatsächlich im Hals, auch weil der Hund so komisch aussah. Er hatte die Augen weit aufgerissen und strampelte und keuchte so laut, dass der Widerhall in der ganzen Bucht zu hören war. Er würde sich jeden Moment aus seiner Lage befreien – ein anderer Gedanke kam mir gar nicht. Nichts weit und breit wies darauf hin, dass hier etwas Schreckliches geschehen könnte.

Aber er schaffte es nicht, und wir mussten etwas tun, wenn wir nicht zusehen wollten, wie er ertrank.

Dr. Beer riss einen langen, etwa armdicken Ast von einem Nadelbaum, der Schnee hatte ihn bereits gebrochen.

»Er ist ein kluges Tier«, sagte er. »Er weiß, dass wir

ihm helfen wollen. Wenn er in den Ast beißt, können wir ihn herausziehen.«

Aber der Ast war zu kurz. Wir schoben ihn vom Ufer aus aufs Eis, er reichte um gut zwei Meter nicht bis zu der Stelle, wo der Hund um sein Leben kämpfte. Und aufs Eis hinaus trauten wir uns nicht.

Wir sahen uns nach einem anderen Ast um. Eine Weide war in der Mitte gespalten, sie hätte ausgereicht. Wir versuchten, einen Teil davon loszureißen, aber das Holz war jung und zäh.

»Hast du dein Handy dabei?«, fragte er.

»Natürlich nicht.«

»Ich laufe zurück«, sagte er, »vielleicht sind die Leute noch dort, vielleicht haben sie ein Handy dabei. Die Feuerwehr kommt in solchen Situationen sofort. Jedenfalls in Frankfurt.«

»Lass mich gehen, ich kenne die Leute«, sagte ich. »Bleib du bei ihm. Er ist dein Hund.«

»Ich kann das nicht«, sagte er, und lief los, ohne ein Wort zu dem Hund und ohne sich nach ihm umzudrehen.

Meine Erinnerung an das Folgende ist beeinträchtigt; was nicht heißt, dass es mir an Details mangelt, im Gegenteil: eher fällt es mir schwer, Unwesentliches von Wesentlichem zu trennen – ich befand mich in einer Situation, in der alles wesentlich war, weil ich alles um mich herum wahrnahm, als wäre es zum letzten Mal. Mit Beeinträchtigung meine ich weniger den Inhalt meiner Erinnerung als vielmehr die Form, wie sie sich mir präsentiert. Ein barmherziger Engel löst die Grenze meines Ichs in der Erinnerung auf, lässt seine Ränder zerfließen, so dass ich den, der ich damals war, heute nicht in mir wiederfinde – es sei denn in einem übertragenen Sinn, wie man eine literarische Figur, mit der man sich identifiziert, in sich wiederfindet. Ich sehe mich ans Ufer treten, sehe den, der ich war, den Fuß aufs Eis setzen. Ich höre, wie der, der ich war, mit dem Hund spricht, wie er ihm Mut zuredet, wie er ihm zuruft, er solle nicht aufgeben, wie er ihm verspricht, er werde gerettet werden. – Aber ihm war auch klar, dass er nicht mehr warten konnte, bis Hilfe käme, und dass unverzüglich gehandelt werden musste, denn die Kraft des Hundes ließ nach.

Er trat aufs Eis. Es trug ihn. Aber Blasen tauchten unter der Oberfläche auf. Das hieß, das Eis hob sich an einer Stelle und senkte sich an einer anderen. Er sprang zurück an Land, wollte es von der bewaldeten Seite aus versuchen. Im Schatten der Bäume war das Eis dicker. Er setzte vorsichtig einen Schritt vor den anderen und sprach mit dem Hund, gab seiner Stimme einen ruhigen Ton. Als er bis auf wenige Meter herangekommen war, sah er, wie die Vorderpfoten des Hundes vom Eis rutschten und sein Kopf unter das Wasser sank. Da legte er sich auf den Boden und kroch, so schnell es ihm möglich war, auf das Loch im Eis zu. Der Kopf des Hundes tauchte in dem Moment auf, als er ihn erreichte. Er streckte den Arm nach ihm aus. Der Hund biss in den Ärmel seines Mantels und ließ nicht mehr los.

»Das ist gut«, sagte er. »Lass nicht los! Beiß mich nicht, wenn ich dich jetzt gleich angreife!«

Er tauchte seine freie Hand ins Wasser und griff dem Hund unter die Achsel, und es gelang ihm tatsächlich, ihn ein kleines Stück hochzuheben. Er stützte den Ellbogen auf dem Eis ab, dadurch rann Wasser in seinen Ärmel hinein, zuvor war schon Wasser in die Handschuhe geraten, und es war kälter, als er befürchtet hatte. Gut, dass ich den Mantel angezogen habe und nicht die Jacke, dachte er. Es war ein gesteppter, mit Daunen gefütterter Mantel, der bis zu den Waden reichte.

Der Hund strampelte wieder mit den Hinterbeinen und schnaufte laut. Das war gut, aber es war auch gefährlich.

»Das ist gut«, sagte er, »aber strample nicht zu fest, sonst reißt du uns beide hinein.«

Nun fasste er ihn auch unter der anderen Achsel.

Dabei schob sich der Ärmel zurück, in den sich der Hund festgebissen hatte. Das Wasser drang nun auch auf dieser Seite ein, und es sickerte hinauf bis zu seinem Oberarm. Ich muss ihn loslassen, dachte er, sonst hole ich mir eine Erkältung, womöglich sogar eine Lungenentzündung. Aber er ließ ihn nicht los.

Mit einer Hand ließ er ihn nun doch los, mit ihr fasste er den Ärmel, an dem sich der Hund festgebissen hatte, und riss daran, aber die Zähne des Hundes hatten den Stoff durchbohrt, und die Kiefer waren wie zusammengeschraubt. Was ist, wenn er untergeht und ertrinkt und den Ärmel auch im Tod nicht loslässt, dachte er. Dann müsste ich den Mantel ausziehen. Ich habe den Hausschlüssel im Mantel, dachte er.

Der Hund sank wieder ins Wasser zurück.

»Du musst mithelfen«, sagte er, aber er wusste nicht, wie diese Hilfe aussehen sollte. »Es kann nicht mehr lange dauern, bis die Feuerwehr kommt.«

Kommt in solchen Angelegenheiten bei uns überhaupt die Feuerwehr, dachte er. Und wenn der Mann und die Frau bei den Schrebergärten schon nach Hause gefahren waren? Sie sahen so aus, als hätten sie nur etwas geholt oder gebracht. Was sollten sie sich zu dieser Jahreszeit bei diesem Wetter in ihrem Gartenhaus aufhalten?

Ich muss es allein fertig kriegen, dachte er.

Er versuchte, zurück zu kriechen. Dazu musste er eine Hand freimachen. Das aber bewirkte, dass die Vorderläufe des Hundes vom Eis rutschten und sein Kopf wieder unter das Wasser sank. Nur die Schnauze schaute heraus, weil er den Ärmel nicht losließ.

»Leg deine Pfoten wieder aufs Eis«, schrie er ihn an.

Das Gewicht des Hundes zog an seinem Arm. Die Eiskruste um das Loch brach weiter ein.

»Am besten ist, du legst die Pfoten aufs Eis und rührst dich sonst nicht«, sagte er. »Wir rühren uns nicht und warten nur, das ist das Beste. Es kommt gleich jemand.«

Es blieb ihm nichts anderes übrig, als dem Hund wieder mit beiden Händen unter die Achseln zu greifen und ihn aus dem Wasser zu heben. Es machte ihm mehr Mühe als beim ersten Mal. Bisher hatte er es vermeiden können, mit dem Hals und dem Gesicht das Eis zu berühren. Nun zog ihn das Gewicht des Hundes nach unten, und das Wasser rann ihm in den Kragen, und die Kälte stach in seine Wange.

»Leg deine Pfoten aufs Eis!«, schrie er. »Leg verdammtnochmal deine Pfoten aufs Eis!«

Es klang wie in einem Spielfilm, und das amüsierte ihn.

Solange ich mich wie in einem Spielfilm fühle, dachte er, besteht alle Hoffnung, dass er doch noch gerettet wird. Und dieser Gedanke amüsierte ihn noch mehr. Was hatte das eine mit dem anderen zu tun? Aber es wäre doch schön, wenn man in jeder Situation, die sich mit einem Spielfilm vergleichen ließe, zugleich die Gewissheit haben könnte, sie werde gut ausgehen. Andererseits ließ sich tatsächlich jede Situation mit einem Spielfilm vergleichen, weil über alle möglichen Situationen schon Spielfilme gedreht worden waren. Und im selben Moment wurde ihm bewusst, wie verrückt es war, in seiner Situation so einen Unsinn zu denken. Es war nicht seine Art, albern zu sein, und töricht war er auch nicht, und er sagte sich, ich muss solche Gedanken als ein Warnsignal nehmen, nämlich dass es schlechter um mich steht, als ich meine, dass es nämlich auch um mich schlecht steht und nicht nur um den Hund, und ich bin ein Mensch, und er ist ein Hund, und ihm fiel ein, dass Tiere im Gesetz immer noch als Sachen gehandelt wurden, und zugleich erkannte er auch diesen Gedanken als verrückt. Ich muss den Hund auf der Stelle loslassen, sonst wird's mir selber schlecht gehen, dachte er. Wie soll ich so durchnässt und durchgefroren nach Hause kommen? Das waren gut zwei Kilometer. Wenn ich den ganzen Weg über renne, dachte er, dann geht's vielleicht, dann geht's sicher, das habe ich ja schon gemacht. Bis vor nicht langer Zeit hatte er dreimal in der Woche gejoggt. Auch bei Minusgraden. Jedes Mal war er schweißnass gewesen, aber er hatte sich nie erkältet. Nur hinsetzen durfte man sich nicht oder langsam gehen. Man musste mehr Hitze produzieren, als man Kälte aufnahm. Ich werde nach Hause rennen, dachte er, und mich gleich in die Badewanne legen, dann wird mir nichts passieren.

Er begann zu beten: »Vater unser, der du bist im Himmel, geheiligt werde dein Name, dein Reich komme, dein Wille geschehe, mach, dass gleich jemand kommt, der uns hilft.«

Seine Gedanken lenkten ihn vom Hund ab. Einen Augenblick lang war ihm, als wäre er allein auf dem Eis. Der Hund bewegte sich nicht mehr. Seine Pfoten lagen auf dem Eis, und er bewegte sich nicht mehr. Genauso, wie er ihm befohlen hatte. Seine Augen waren aufgerissen, aber sie blickten irgendwo hin, nirgendwo hin.

»Beweg dich!«, sagte er. »Sonst erfrierst du. Nur ein wenig musst du dich bewegen, das genügt.«

Das Wasser durchweichte den Mantel und drang bis zur Haut durch, und da dachte er ein drittes Mal daran, den Hund loszulassen. Wenn er tot ist, was für einen Zweck hat es, wenn ich ihn weiter festhalte? Meinetwegen soll er den Mantel und den Hausschlüssel mitnehmen, dachte er. Aber der Hund lebte noch, und seine Augen waren noch nicht trübe. Sein Maul geriet immer wieder unter Wasser, und er vermochte nicht mehr aus eigener Kraft, den Kopf zu heben.

»Frierst du eigentlich?«, fragte er. Er glaubte jedenfalls, er habe das zu dem Hund gesagt. Er war sich nämlich nicht sicher, ob er seine eigene Stimme gehört oder ob er es sich nur eingebildet hatte. Aber, fragte er sich, warum hätte ich ihn so etwas fragen sollen? Natürlich fror er.

Er selbst fror nicht mehr so sehr, seit seine Brust, sein Bauch, sein Geschlecht und seine Oberschenkel nass waren. Das ist kein gutes Zeichen, dachte er. Der Körper reduziert. In extremen Situationen, so hatte er einmal gelesen oder gehört, vielleicht aber war es ja auch seine eigene Theorie gewesen, eile der Körper dem Geist voraus, sehe klarer, weil er keine Vorurteile habe, auch keine Vorurteile gegenüber dem Tod. Erst wehre er sich gegen den Tod, nach seinem eigenen Plan wehre er sich, weil er sich auf die Pläne des Verstandes nicht verlasse, aber dann, wenn er einsehe, dass es keinen Sinn mehr habe, sich gegen den Tod zu wehren, reduziere er alle seine Funktionen und Sinne, um dem Menschen das Sterben zu erleichtern. Darum friere ich nicht mehr so sehr, dachte er, und er spürte nun gar keine Kälte mehr. Es war, als hätte er vergessen, was Kälte und was Hitze waren.

Aber noch bin ich nicht tot, triumphierte er, und ohne dass sich der Gedanke angekündigt hätte, dachte er: Die Gründung einer Religion ist genau genommen der erste Schritt weg von Gott. Und er dachte, schön wäre es, wenn mir wenigstens noch so viel Zeit bliebe, um diesen Gedanken zu vertiefen.

Er betete wieder.

Aber nicht mehr aus Verzweiflung betete er diesmal, sondern aus bloßer Konvention. Und das beunruhigte ihn, weil es so war, als würden die anderen für ihn beten und nicht er selbst. Der Hund starrte ihm in die Augen. Das ist auch kein gutes Zeichen, dachte er. Es liegt im Instinkt des Hundes, dass er den direkten Blick nicht lange aushält. Auch sein Körper reduziert also. Das aber würde heißen, dass die Instinkte den Weg für den Tod bereits freigemacht haben. Aber erst muss er an mir vorbei, dachte er.

Nicht nur seine Hände, sondern auch seine Arme waren fühllos, sie reagierten nicht auf seinen Befehl. Auch wenn ich wollte, ich könnte ihn gar nicht loslassen, dachte er. Er kann mich nicht loslassen, und ich kann ihn auch nicht loslassen, der Mantel und der Hausschlüssel haben damit nichts zu tun. Er rollte sich um eine Vierteldrehung zur Seite, und weil seine Arme wie an die Schultern angeschraubt waren, ohne Scharniere in der Mitte, bewirkte das, dass sich der

Hund ein paar Zentimeter aus dem Wasser hob. Und das genügte.

Der Hund holte tief Luft und japste, Wassertropfen zerstoben auf seiner Nase.

»Jetzt bist du wieder da«, sagte er, und diesmal hörte er seine eigene Stimme und hatte keine Zweifel an ihr. »Kannst du deine Beine noch bewegen?«

Nun beschwerte er seine andere Seite. Und damit war der Kopf des Hundes ganz aus dem Wasser. Der Hund strampelte wieder mit den Hinterläufen.

»Ja, strample mit deinen Beinen!«, sagte er. »Aber bitte nicht zu heftig!«

Er hörte ein Geräusch wie das Zerbrechen von Holz.

»Hilfe!«, rief er. Er war nicht sicher, ob sein Schrei wirklich war oder ob er ihn nur gedacht hatte oder geträumt hatte.

Da brach das Eis unter ihm ein.

6

Ich habe geschrien. Das weiß ich. Oder besser: Es hat in mir geschrien. Und ich weiß, dass ich versuchte, mich mit den Fingernägeln im Eis festzukrallen. Ich spürte die Klauen des Hundes, wie sie gegen meinen Rücken schlugen. Er versuchte, über meinen Körper nach oben zu kommen. Er strampelte meinen Kopf unter das Wasser, und das Herz wurde mir schwer und wurde so leicht.

Aber die Männer mit den Leitern waren bereits da. Sie waren schon da gewesen, bevor das Eis brach. Sie hatten mir zugerufen, aber ich hatte sie nicht gehört.

Das Bewusstsein habe ich nicht verloren, aber meine Wahrnehmungsfähigkeit war stark eingeschränkt. Bewegungen registrierte ich, wusste wohl, dass Menschen um mich waren, aber ich erkannte keine Gesichter und verstand ihre Worte nicht. Man wickelte mich in Decken ein und legte mich auf eine Trage und brachte mich ins Krankenhaus, und im Krankenhaus wickelte man mich in eine Folie, damit mein Körper langsam auftaue. Ich hatte tiefe Wunden im Nacken von den Klauen des Hundes. In meinem Zustand, weit aus der Wirklichkeit, gehörte ich mehr den Dingen an, die vor meinen Augen verschwammen, als mir selbst, und die Undankbarkeit des Hundes schmerzte mich, und ich glaubte, keine Freude mehr am Leben zu haben, und ein Grauen war in mir, wie ich es nie empfunden hatte, nämlich das Grauen vor der Rückkehr ins Leben; zugleich aber war ich getrost, dass dieses Gefühl bald verschwinden wird, wie ein heftiger, aber harmloser Schmerz, und ich begrüßt werde mit offenen Armen, wie ich drei Jahre zuvor an unserem Bahnhof begrüßt worden war.

Dr. Beer hat mich noch am selben Abend zusammen mit Monika im Krankenhaus besucht. Er drückte meine Hand, aber ich weiß nicht, ob er etwas sagte. Ich schlief gleich wieder ein.

Als ich aufwachte, saß er immer noch neben meinem Bett. Er war allein. Ich wusste nicht, wie lange ich geschlafen hatte, ob er in der Zwischenzeit zu uns nach Hause gegangen war; wusste nicht, wie lange ich überhaupt schon hier lag.

Er sagte, Monika und er würden sich abwechseln. Es sei alles in Ordnung mit mir. Nach ein paar Tagen würde ich wieder hergestellt sein, und alles nur noch Erinnerung. Auch der Hund sei gesund. Man habe ihn in ein Tierheim gebracht. Ich würde als Retter gefeiert. Es sei bereits eine Interview-Anfrage einer regionalen Zeitung eingelangt. Wieder drückte er mir die Hand und hielt sie lange fest.

»Was soll ich damit anfangen?«, fragte ich.

»Womit?«

»Mit dieser Geschichte.«

Irgendwann einmal hatte ich ihn gefragt, wer sein Lieblingsheld in der Literatur sei. Er hatte kurz nachgedacht und geantwortet: »Mister Verloc aus *Der Geheimagent* von Joseph Conrad.« Ich hatte ausgerufen: »Verloc? Er ist ein Teufel!« Worauf er: »Leider ersparen Sie mir nicht die Peinlichkeit, Sie darauf aufmerksam zu machen, dass es sich bei dieser Geschichte nicht um das Leben, sondern um Literatur handelt.«

Daraufhin hatte ich ihm eine Geschichte erzählt, bei der es sich tatsächlich um das Leben und nicht um die Literatur handelte: Im Zug nach Frankfurt war ich im Speisewagen gesessen und hatte eine Gruppe junger Leute beobachtet, die sich aufführten wie verzogene Fratzen. Eine von ihnen, eine schlanke, blonde, hochnäsige Frau, trieb es besonders frech. Sie ließ ihr Messer fallen und befahl dem Kellner, es aufzuheben, worauf sie es abermals fallen ließ. Wenig später sah ich die Frau in der Bahnhofshalle wieder. Ein älterer Herr hatte seinen Arm um ihre Schultern gelegt und redete nahe an ihrem Kopf auf sie ein. Eine ältere Dame wartete einen Schritt hinter den beiden, sie hatte die Hände gefaltet, als bete sie. Die blonde junge Frau brach zusammen. Sie schrie auf, weinte, warf die Hände vors Gesicht, schrie, dass es widerhallte, krümmte sich, umfing mit den Armen ihren Bauch. Ihr Mund war Verzweiflung, ihre Augen waren Verzweiflung, ihr Körper war Verzweiflung. Und ich, erzählte ich, sei von Mitleid überwältigt worden und hätte mich geschämt, dass ich ihr noch vor wenigen Minuten alles Schlechte gewünscht hatte.

Ohne Ausdruck hatte mir Dr. Beer zugehört.

»Ist die Geschichte hier zu Ende?«, fragte er.

»Ja«, sagte ich.

»Gut«, sagte er, »sehr gut. Wenn Sie die Geschichte niederschreiben, sollten Sie unter die jungen Leute einen Mann oder eine Frau mischen, die oder der nicht so schlimm ist wie die anderen, die oder der die anderen zur Raison bringen möchte. Interessant wäre eine andere junge Frau, die der Blonden Kontra gibt, das würde die Unverschämtheit der Blonden mehr betonen. Aber machen Sie nicht gleich eine Schwarzhaarige aus ihr. Im zweiten Teil der Geschichte sollten Sie, statt Ihre eigenen Gefühle zu schildern, eine kurze prägnante Erinnerung an ein eigenes Erlebnis einschieben, das aber nicht ein Gleiches erzählt, sondern Raum lässt für Assoziationen …«

»Ich will die Geschichte nicht niederschreiben!«, hatte ich ihn unterbrochen.

Er hatte geantwortet: »Erzählen Sie mir nicht, worüber Sie nicht schreiben wollen! Ich bin Ihr Lektor!«

Drei Tage behielt man mich im Krankenhaus. Das war natürlich übertrieben. Aber ich war der Held, der einem Hund das Leben gerettet hatte, und Helden, so wurde mir versichert, werden mit besonderer Sorgfalt behandelt. Am längsten laborierte ich an den Wunden in meinem Nacken.

Dr. Beer war gleich nach seinem Besuch im Krankenhaus zurück nach Frankfurt gefahren. Und schließlich erhielt ich einen Brief, in dem er mir mitteilte, dass die weitere Arbeit an meinem Text ein jüngerer Kollege übernehmen werde.